# 在荒漠中遇见一本图画书

〔日〕柳田邦男 / 著

唐一宁　王国馨 / 译

GUANGXI NORMAL UNIVERSITY PRESS
广西师范大学出版社
·桂林·

在荒漠中遇见一本图画书
Zai Huangmo Zhong Yujian Yi Ben Tuhuashu

出 品 人：柳　漾
项目主管：孙才真
策划编辑：柳　漾
责任编辑：陈诗艺
助理编辑：孙才真
责任校对：郭琦波
装帧设计：李　坤　赵英凯
封面插画：太阳娃插画设计
责任技编：李春林



图书在版编目（CIP）数据

在荒漠中遇见一本图画书／（日）柳田邦男著；唐一宁，王国馨译．—桂林：广西师范大学出版社，2018.9
（魔法象．阅读学园）
ISBN 978-7-5598-1019-9

Ⅰ．①在…　Ⅱ．①柳…②唐…③王…　Ⅲ．①儿童故事－图画故事－文学研究－日本　Ⅳ．①I106.8

中国版本图书馆 CIP 数据核字（2018）第 146827 号

广西师范大学出版社出版发行
（广西桂林市五里店路 9 号　邮政编码：541004
网址：http://www.bbtpress.com）
出版人：张艺兵
全国新华书店经销
北京尚唐印刷包装有限公司印刷
(北京市顺义区牛栏山镇腾仁路 11 号　邮政编码：101399)
开本：880 mm × 1 240 mm　1/32
印张：5.75　　　字数：116 千字
2018 年 9 月第 1 版　　2018 年 9 月第 1 次印刷
定价：32.80 元

# 序

# 生命之泉·与图画书相遇

## 一位年轻女子的重生

盛夏暑热之际，我在北海道的钏路市听到了S小姐的故事。这位年轻女子因为一本图画书，获得了在人生路上继续迈进的动力。

北海道童书会在钏路市召开的时候，我也受邀参与为期两天的活动。通过参与这次童书会，我见识了各种支持儿童成长的活动，其中饶富趣味的就是体验“图画书的可能性”的分组讨论。与会的六十余人围绕朗读活动、各自推荐的图画书，以及图画书引发的小故事等进行分享。讨论过程中第一个站起来坦率地讲述自己亲身体验的人就是S小姐。

一直是个上班族的S小姐，日积月累地囤积了很多压力。某一天，她因为工作压力而情绪低落，没有办法去上班，做什么事都觉得索然无味，最后竟然连身体也动不了了。她向医生求助，医生要她“看开点儿”，并且对她说“这可是上天赐予的假期”。但无论医生如何劝告，S小姐就是没办法一下子轻松起来。她心情持续抑郁，甚至觉得自己的人生快走不下去了。某一天，长期处于情绪低谷的S小姐接受了“做自己喜欢的事”的建议。于是，过去就喜欢画画的S小姐买了一些图画书。

大道文所著的《猫咪当当》(『ねこのごんごん』)是S小姐购买的众多图画书中的一本。在书中，野猫当当虽然被某个家庭捡到而有了栖身之所，但无论怎么做，当当好像都没办法适应家居生活。于是她请教家猫大哥，从家猫大哥那里学会了守规矩，学到了生活的智慧。每一次，家猫大哥都对她说：“最重要的是，凡事都要自己做做看，知道吗？”只是当当始终无法理解。S小姐被这本图画书吸引，读了一遍又一遍，后来好像受到启示一样，心想：“原来如此。对于自己喜欢的事情，不能退缩，不试试看怎么会有开始呢？”在这个想法的驱使下，她不再坚持“自己就是要变成这样”，而是做自己喜欢的事，把心情放轻松，她也获得了向前迈进的动力。尽管情绪上会有波动，但她已经可以接受和容纳这些波动。对于S小姐能在众人面前坦率地讲述自己的挫折以及心路历程的勇气，我由衷地献上敬意。

当然这只是S小姐自己的故事，并不适用于所有因为工作遇到挫折而陷入抑郁的人。S小姐之所以可以转换心境，或许与她成长过程中形成的性格和对图画书的敏感有关。当然，几次和医生的谈话交流也很重要。喜欢猫的S小姐以前就养过一只叫“琼”的猫，这个经验也意外地成为她得以转换心境的重要因素之一。或许就是因为有养猫的经验，她才能够投入感情地阅读《猫咪当当》这本图画书。事实上S小姐也说：“我是被琼救了。”

无论如何，这个例子的重点是一个为工作心力交瘁的女性，因为图画书而找到了恢复身心健康的途径。图画书的存在不单是为了孩子。我认为，图画书里有灵魂的语言，可以在灵魂的层次上使人产生共鸣。小说和诗歌亦然。只是随着年龄的增长，我们更能深刻地玩味图画书中的内容。图画书的世界既广且深，关键看读者是在什么状况下、因什么缘故拿起了它。

## 大提琴手的眼泪

我想记下我读图画书以及与青少年的故事相遇的亲身经验。

1996年3月底，一场小型大提琴演奏会在日本神奈川县西部中井町的和平之家临终关怀中心（Peace House Hospice）举行。演奏者是一位癌症晚期的住院病患。

五十五岁的德永兼一郎长年在NHK交响乐团担任首席大提琴手。自从十五岁荣获音乐大奖风光出道后，就以日本最具代表性的大提琴手之姿，活跃至今。德永兼一郎先生五十岁时罹癌，虽然切除了部分大肠和肝脏，积极接受治疗，可是同年春天，病情恶化，竟致下半身瘫痪。

虽然病情每况愈下，德永兼一郎仍强烈希望“能在听众面前演奏，哪怕只有一次”。

他的弟弟德永二男是NHK交响乐团首席小提琴手，为了实现哥哥的愿望，他在和平之家的舞台主导了一场演奏会。没法站立的德永兼一郎，在亲人和护士的搀扶下，从病床移到轮椅上，现身舞台。

由于他无法直起腰杆，所以背部必须放上靠垫支撑。大提琴上的弦轴，也要假他人之手才可以固定。大厅里聚集了许多朋友和和平之家的病患、医生、护士等约莫八十人，聚精会神地注视着他。

由于弹奏一首大曲子在体力上无法负荷，他选择的曲目是兄弟二人合奏过好几次的费利克斯·门德尔松（Felix Mendelssohn）《第一号D小调钢琴三重奏》中的行板第二乐章，以及巴勃罗·卡萨尔斯（Pablo Casals）扬名世界的大提琴独奏曲《白鸟之歌》（*El Cant dels Ocells*）两首曲目。德永兼一郎希望和弟弟最后再演奏一次门德尔松的曲目；至于以加泰罗尼亚地方民谣为蓝本的《白鸟之歌》，则是每一位大提琴手钟爱的，旋律中充满祝福的曲子。

一开场，门德尔松的钢琴三重奏由担任钢琴手的女性友人和演奏小提琴的德永二男共同起音，然后，德永兼一郎演奏起大提琴，完全不像个站都站不起来的癌症晚期病患。在只有门德尔松才创作得出来的“无词歌”中，在充满怀想的悠扬旋律里，偶尔望向二男的兼一郎有时微笑，有时露出满足的表情。

当乐章静静结束，二男在掌声中走向哥哥，和他握手。没办法从轮椅上站起来的兼一郎，低头紧紧握住弟弟的手，肩膀微微颤抖，眼泪从脸庞上滑落。

第二首《白鸟之歌》是在以二男为首的数位小提琴手独弦伴奏下，由兼一郎独奏。这段演奏，直让人由衷赞叹：真是一首诉说永恒生命的灵魂之歌啊！

如愿完成演奏的兼一郎坐在轮椅上，在众人不断的掌声中被推回病房。几位与他亲近的演奏家不忍就此离别，于是赶紧打电话与NHK交响乐团联络，拿到乐谱，随即在兼一郎病房附近的走廊入口一边流泪一边演奏起贝多芬的《降E大调七重奏》，希望将乐声献给他。

后来，兼一郎再也没有拉大提琴，两个半月后，他走完了自己的人生旅程。

我是经当时在现场的友人转述而了解事情始末的，我非常激动。不久，秋天来临，NHK播出电视节目《最后的演奏会——某大提琴手之死》，详细介绍了在和平之家举办的这场演奏会。

看完节目，我的脑海里不断浮现一个场景——兼一郎在演奏完门德尔松的第二乐章后，握住弟弟的手，低头流泪。旁白的解说是：“我们第一次看到不在人前哭泣的德永兼一郎先生的眼泪。”

明白日子有限的兼一郎，病情如此严重却发挥了不可思议的生命能量，达成最后一次演奏大提琴的夙愿后流下了眼泪。这样的眼泪代表了什么？就在我思索这个问题时，我突然想到少年时期读过的《佛兰德斯的狗》（*A Dog of Flanders*）的最后一个情景。《佛兰德斯的狗》是作家奥维达（Ouida）的作品。兼一郎的眼泪，竟让我联想到看似毫无关联的故事。

## 少年尼洛对人生的接纳

《佛兰德斯的狗》的主角尼洛代替患有风湿病的爷爷，每天在村子里收牛奶，再由爱犬帕奇拉着推车，把牛奶运到城里卖，生活十分艰苦。故事背景是比利时的农村。

十五岁的尼洛梦想成为鲁本斯那样的画家。鲁本斯是当时比利时画坛的巨匠。画画是尼洛最喜欢的事。他努力画出好作品，为的是参加绘画比赛，因为获优等奖的少年可以得到美术学校提供的奖学金。

就在这个时候，爷爷咽下了最后一口气，而尼洛也被无情的房东赶出了家门。在圣诞节的冷天里，没有吃东西的尼洛和帕奇茫然地走着。他把最后的希望寄托在绘画比赛上。尼洛走进了颁奖会场，可是最后，奖项却在富商的操控下被富商的儿子抱走了。

连最后希望都落空的尼洛，在大雪纷飞的夜里挨饿受冻，摇摇晃晃地来到大教堂。因为他想在死前看一眼平时被布盖起来，而且要花很多钱才能欣赏到的两幅鲁本斯的大作：《钉上十字架》《抬下十字架》。

掀开了盖在画上的布，尼洛还是没办法在弥撒结束的深夜，在一片漆黑中看见这些画。他绝望地倒在石阶上，并对帕奇说："我们就死在这里吧。"

可是下一个瞬间，雪奇迹般地停了，月光从云隙间透了出来，从拱形窗照进教堂。就这样，尼洛清楚地看到了鲁本斯的画作，情不自禁地大喊："终于看到了！"此时尼洛流下了高兴的眼泪。

此情此景竟然和我脑中浮现的德永兼一郎流泪的那一幕重叠。为了确定我的记忆无误，第二天我就到书店的童书区找到《佛兰德斯的狗》，并且把它买回家，重新阅读这本睽违半世纪的读物。《佛兰德斯的狗》是我小学五年级到六年级时最爱的故事。我不知读过多少回了，一直忘不了——“喜悦的热泪，在他苍白的脸庞上闪着光辉。‘我终于看见它们了！’他大喊”。

可是紧接着的“上帝呀，这就足够了！”却怎么也不记得。但是读到这里，我惊觉自己终于掌握了故事的内涵，那是女作家奥维达想要通过这个故事表达的主题——“对自己人生的接纳”。

尼洛过去总是被各种不幸和残酷的现实追赶。我上小学时读到这个故事的印象是：“好可怜的人，最后还冻死在大教堂，而且只有十五岁！”在我的印象里，这是一本背负了世上所有不幸的少年读物。

这本战后贫困时代的读物，也可以说是我的亲身遭遇。我的父亲和二哥因肺结核去世后不久，家中为了糊口，大哥就开了一家小型的旧书摊，母亲也一起打理。至于我，下课以后也要到店里帮忙。我在尼洛的悲惨经历中看到了自己的遭遇，仿佛我是书中主角一样。

## 每段人生都有春夏秋冬

自小学时代以后，我在睽违将近五十个年头、就要迎接六十岁的现在，重新阅读了《佛兰德斯的狗》，对书中的内容有了完全不同的体悟。

尼洛经历了多舛的、饱尝辛酸的、充满遗憾的人生，但是，其中总还有那些和慈祥的爷爷相处的时光、与帕奇相知相惜的快乐回忆。而那道瞬间射进屋内的月光，也让尼洛在死前看到了鲁本斯的大作。

尼洛所说的“上帝呀，这就足够了！”这句话，代表了他自己的人生，以及他在生命终了时对人生的接纳。就因为这样的接纳，尼洛流下了“喜悦的热泪”。

我之所以用这样的方式解读，和我经历了三年前的夏天我的儿子洋二郎于二十五岁自杀的事有关。当我把耗时两年完成的追悼文《牺牲——儿子脑死亡的11天》(『犠牲—わが息子・脳死の11日』)呈献给当时尚在人间的司马辽太郎的时候，他寄给我一封感人至深的吊唁信。文中有这么一段话：

我约莫了解你心中的感受。人的生命是受父母和众人呵护，好不容易才存在的，但就算多上千万倍的照拂，仍如掌中露珠般自指间滑落，其短暂诚如内村鉴三所言——“勇敢又高尚”。吉田松阴比洋二郎还早去世两三年。吉田死前写下这样一句话：“人或许活到六十、七十，或许活到二十五六，但无论长短，每段人生都有它的春夏秋冬，没什么好遗憾的。”比起马齿徒增的我们，二十五岁的生命，的确是颗宝石。

这番话深深打动我那丧子后疼痛的心灵。吉田松阴和高杉晋作都在二十多岁撒手人寰。回顾洋二郎的一生，他也有自己的“春夏秋冬”，这些风景就像经了火或日光就会浮现的画一般。洋二郎在罹患抑郁症的最后那五年半，是心智最成熟的时候。读他留下的短篇文集和日记，发现他竟然可以写出比我当时那个年龄还要深刻、还要有洞察力的文章。我的意思并不表示他少年老成，我也不认为以“春夏秋冬”作为了结是成熟的表现。我要说的是，洋二郎生命故事的起承转合，自有其意义。

体会到这一点后，约一年过去，我想起《佛兰德斯的狗》这本书。

尼洛只活了十五个年头，虽然一生波澜起伏，却也确切地拥有过“春夏秋冬”的风景（纵使他不曾意识到）。所以，当生命即将落幕，看到一心想瞻仰的鲁本斯的画作，才会说出“这就足够了”的话，全盘接纳自己的人生，甚至死亡。

当德永兼一郎演奏完行板乐章（对他的体力而言，这恐怕是大曲子了）的时候，脸上流下的泪似乎和尼洛的眼泪有共通之处。兼一郎的眼泪里，或许掺杂了对完成自己夙愿的弟弟的感谢，也或许是为年过半百的自己无法再演奏感到无奈。各种思绪涌上心头，所以情感一下子宣泄了出来。如果容我再多演绎，我觉得当时的兼一郎，或许是因为完成了“能在听众面前演奏，哪怕只有一次”的心愿，而接受了人生就此结束的结果吧。

## 心如荒漠时出现的一本图画书

兼一郎的演奏视频唤起了我的深层记忆，五十年前读过的《佛兰德斯的狗》中的场景就此鲜活起来，成了我自洋二郎走后，关心图画书及青少年读物的契机。

洋二郎突然逝去，有一段时间，我对任何事都不关心，行尸走肉地过日子。我感觉全世界只有一种颜色，那就是暗褐色，对任何事都没有了感觉。我的心就像干燥荒凉的沙漠，用心理学术语来描述，几乎可说是“自闭”状态。

某一天，我不经意走进好久没去的车站大楼的书店，回过神来才发现自己正站在童书区，看着那些陈列在书架上的图画书，时间仿佛回到了十多年前。而我之所以来到童书区，或许是出于对儿子幼年的怀念吧。

Kumon 出版社刚刚推出宫泽贤治童话系列，其中《风又三郎》(『風の又三郎』)的封面图画吸引了我：深蓝色的果树间，一位头戴白帽的少年穿着白色风衣，迎风而立。这昭和初期农村孩子的身影，充满了怀旧气息，唤醒了我早已忘怀的少年记忆。遇见这本图画书，迷失在沙漠中的我，眼前突然浮现出了生机盎然的绿洲。

于是，我买了几本回家。自此以后，每到书店我都会到童书区瞧瞧。在我家，两百本以上的图画书藏书都是孩子们可能读过几十遍的读物，包括《逃跑的小火车头》(*Choo Choo*)、《小房子》(*The Little House*)、《三只山羊嘎啦嘎啦》(*The Three Billy Goats Gruff*)、《晚安，弗朗西丝》(*Bedtime for Frances*)、《猿蟹大战》(『かにむかし』)、《古利和古拉》系列（『ぐりとぐら』)、《小黑孩桑波》(『ちびくろ·さんぼ』)、《好奇的乔治》(*Curious George*)系列等，我重新将这些图画书拿出来看，而书店架上刚刚上新

《逃跑的小火车头》

〔美〕维吉尼亚·李·伯顿 / 著·绘
赵静 / 译
二十一世纪出版社 / 蒲蒲兰绘本馆出品
2011 年 1 月版

或者长销的图画书，只要符合当下心境的，我也都会购买，让自己高兴一下。

说来惭愧，就在这段日子里，在即将迎接知天命之年的当时，我才重新发现，优秀的图画书和故事所蕴含的深刻主题——不管是人的仁慈、伟大、残酷，还是悲喜、生死，等等——都是借平易而厚实的方式表现出来的。

特别直击我心的是宫泽贤治的《夜鹰之星》(『よだかの星』)。夜鹰因为脸长得不好看，所以鸟儿都嫌弃并远离它。它向夜里的星辰求救，可是从狮子座到大熊座都拒绝了它。天上与地上都没有栖身之处的夜鹰，最后迷失在孤独之河里。我觉得这部文学作品和卡夫卡的世界相通。

当然我知道，那个时候吸引我的书是偏向“生与死”或“内心”等主题的图画书和故事书。童书有愉快而幽默的，有重点放在动植物上的，有探险的，也有关于友情的。成长过程中的孩子必须学习的课题实在很多。至于我呢？因着自己的人生境遇，通过“生与死”和“内

《小房子》

〔美〕维吉尼亚·李·伯顿 / 著·绘
阿甲 / 译
南海出版公司 / 爱心树童书出品
2013 年 7 月版

心”的窗子，重新认识了图画书和故事书。

最近我常想，人一生应该阅读三次图画书或故事书。许多人只在幼年，以及成为父母、教养儿女时两次阅读图画书或故事书，孩子长大后，大家就不再接触这类书了。可是我认为，就像《佛兰德斯的狗》中提到的体悟人生才能接纳死亡，这样重要的普遍性问题，不到年过半百，不到可能重病缠身的人生阶段，是不会读得懂的。

也就是说，是否在年过半百之时亲近图画书或故事书，与一个人的内心成熟度有关。

## 新类型图画书

最近去大型书店，发现一个好现象，那就是以大人为读者对象的散文小品柜上陈列了图画书和童话故事，尽管数量不多。

很可惜，疗愈心灵或以“生与死”为主题、诉说被大人忽视的孩童心理烦恼，以及借童话形式谈论人生的书籍大都乏人问津，例如由简单线条画成的图画书、配合短文和照片的“疗愈系”小书。我想从

《小房子》内页

中选几本饶富趣味的新类型图画书介绍给大家。

小泉吉宏所著《小猪的心情我了解》(『コブタの気持ちもわかってよ』) 运用单幅漫画风格的插画，描绘小猪放学回家的情景。

跟爸爸说我被欺负的事，

爸爸要我坚强一点儿。

等我变得坚强，

就不会被欺负了。

“我今天学会翻身上单杠了哟！”

妈妈在忙，听不到我说：

“我今天学会翻身上单杠了哟！”

在这种情况下，小猪感觉很失落。不能充分表达自己心情的小猪，出现了身心症，说自己“肚子疼”而躺下了。我希望当代父母都读读这本书。

说是偶然，或者是时代潮流所驱，正当我因图画书而感到心中温暖，把苏珊·华莱所著《獾的礼物》(*Badger's Parting Gifts*)等图画书奉为“座右书”时，我又在书店发现了以可爱小狗为封面图画的《无论何时都能相见》(『いつでも会える』)。

前不久家中心爱的柴犬因为衰老死去了，所以我立刻被《无论何时都能相见》的标题和封面吸引住了。我禁不住拿起这本书，哗啦哗啦翻了一下，里面小狗的表情实在太可爱了。我马上去柜台结了账。

这本书的作者是年轻的插画家菊田真理子，这是她的第二本图画书。以狗狗死亡为主题的图画书和纪实作品不在少数，可是这本以狗狗小白为主角的图画书，讲的却是主人美希的突然死亡。小白想和一起玩耍、一起吃饭的美希永远在一起……心里裂开一个很大的空隙，无法填补。小白流下大颗大颗的眼泪。

失去挚爱的寂寞、悲伤，还想与主人再见一面的心情，通过简单利落的线条表现出来。

诉说“即使逝去，躯体没有了，心却还在”的图画书《獾的礼物》，

《无论何时都能相见》

〔日〕菊田真理子 / 著・绘
杨忠 / 译
北京联合出版公司 / 禹田文化出品
2016年3月版

同样以“生命的永恒”为主题。两个故事的差别在于，《獾的礼物》说的是一只年老的獾死了，但是它的灵魂犹如遗产一般，点点滴滴保存在它漫长一生中遇到的许多动物心里；而《无论何时都能相见》则是描述失去深爱的对方时，如何再找到已经飞向天国的对方的灵魂。

现今，书写在失去中找到生存之道的作品，俨然已成时代趋势。河原鞠子与利冈裕子共同完成的图画书《再见，谢谢，我的朋友——给失去宠物的你》(『さようなら、ありがとう、ぼくの友だちペットを失ったあなたへ』)以心理辅导为叙述重点，依据的是美国精神科医师伊丽莎白・丘伯－萝丝（Elisabeth Kübler-Ross）博士所著《死亡的瞬间》(*On Death and Dying*)中所说的“接纳所爱死亡”的心理过程。

失去哈士奇犬葛雷的伊势英子，在葛雷因癌症死后，通过散文和绘画完成《葛雷的尾巴》(『グレイのしっぽ』)一书。眼见共享人生的爱犬死亡后，伊势英子以画家特有的洞察力，运用真实又不失温暖的素描，将葛雷癌症末期和癫痫病发作、开刀手术的场景、被带回家照料直到咽下最后一口气的时时刻刻记录下来，甚至还有不失幽默的附注。

然后，她怀抱着葛雷的灵魂，以一名大提琴手的身份，参加了在神户市举办的追悼大地震罹难者的“千人大提琴演奏会”。

我怀抱着与葛雷共处的回忆，演奏大提琴。那段时光，被音乐、光线、色彩净化了。

我绝对是千人中的一人。大家共有一千种悲伤和一千种治疗方法，还有骄傲！

伊势英子前往大地震灾区取材和葛雷之死，这两件事看似毫无关联，可是不久，伊势英子脑中的创作坊便将它们合二为一，升华成了后面我将介绍的图画书《1000把大提琴的合奏》(『1000の風・1000のチェロ』)。

年老也是图画书探讨的主题。图画书《没关系 没关系》(『だいじょうぶだいじょうぶ』) 内容虽然平凡，但在平凡中传递了重要讯息，这是从事童书编辑的朋友推荐我看的书。

每天和爷爷散步的时候，爷爷都会和草啊、树啊，还有石头、天空、小狗、蚂蚁以及其他人说话，世界变得好大哟。可是我们也会遇到蛇啊、淘气的小孩、凶巴巴的狗和车子等恐怖的东西。这个时候，爷爷都会帮我，握着我的手说：“没关系，没关系。”

不知不觉，这句话深深刻印在我心里，我感觉凡事都可以应对了。所以当我渐渐长大，爷爷因为年纪大了躺在床上，这个时候就换我对他说：“没关系，没关系。”

**《没关系 没关系》**

〔日〕伊东宽 / 著 · 绘
蒲蒲兰 / 译
二十一世纪出版社 / 蒲蒲兰绘本馆出品
2009 年 6 月版

读了这本图画书，我马上想到的是，母亲经常挂在嘴边的三句话：

“把事做好。”

“尽量做。”

“认真做。”

不要终日愁苦、懊悔、埋怨，只要勤奋不倦，好日子总会来临。不和别人比较，也不埋怨、不在乎地位和贫富，竭尽全力生活的人，才值得称许。母亲四十一岁丧夫，带着我们五个孩子，既没有为贫穷所困，也没有陷入恐慌，支撑她淡泊向前、坚强迈进的，就是这三句话。

我的性格也受到这三句话的影响。

最近我常想，支撑人活着的话语其实既简短又单纯。尤其在接触图画书和童话之后，这种想法就更强烈了。我每每花很长时间才完成我的纪实报道，往往一写就是好几万字。可是，真正让人获得力量的话语，或许一行字就够了。身为纪实作家，这种自我矛盾也是今后值得探讨的话题。

## 换一种生存方式

我也看了新出版的童话故事。生于南美智利、住在德国的路易斯·塞普尔维达（Luis Sepúlveda）创作的《教海鸥飞翔的猫》（*Historia de una gaviota y del gato que le enseñó a volar*），便是其中之一。

一只全身裹着重油的海鸥坠落在黑猫索尔巴斯面前，当时它正在靠近汉堡港的主人家的阳台上打盹。这只原本会被吃掉的海鸥拼命恳求，要索尔巴斯答应她三个请求。

这三个请求就是，在海鸥用尽最后一点儿力量生下蛋，死去以后，索尔巴斯必须做到：一、不把蛋吃掉；二、孵蛋；三、教小海鸥飞。尽管受到朋友们的嘲笑，但是索尔巴斯仍然信守承诺。最后的场景令人感动。

索尔巴斯朝害怕飞行的小海鸥大喊："你就要飞起来了。整片天空都将是你的。"

小海鸥回答："我不会忘记你的，也不会忘记其他的猫。"

看着小海鸥飞翔的身影，索尔巴斯低语着："只有敢于去飞，才能飞起来。"

20世纪90年代中期，残酷的民族纷争在欧洲持续扩大，这本书的问世意义重大。书中以暗喻的方式提出21世纪的重大课题：若不停止强者和弱者、不同人种及民族间弱肉强食的厮杀，不担负起守护下一代的责任，不寻求教育下一代的方法，那么人类将没有未来。

另一个童话是德国作家阿克塞尔·哈克（Axel Hacke）与画家米夏

**《小国王十二月》**

〔德〕阿克塞尔 · 哈克 / 著
〔德〕米夏埃尔 · 佐瓦 / 绘
刘海颖 / 译
广西师范大学出版社 / 魔法象童书馆出品
2018 年 10 月版

埃尔·佐瓦（Michael Sowa）共同完成的《小国王十二月》（*Der kleine König Dezember*）。

故事是从某天一个体型可能只有一根食指大的国王出现说起。在国王的国度里，人在诞生的时候体型是最大的。一开始，大家都会写字，也都会工作、举办宴会。可是随着年龄增长，身体变小了，许多事情

《小国王十二月》内页

也忘了，不工作也觉得无所谓，脑袋里净想着游戏、做着白日梦，在院子里看到什么影子都想象成鬼，还开心地为天上的云朵取名字。最后，大家变得像灰尘那么小，消失在屋子里的某个角落。

小国王对人类社会提出质疑：人类的国度实在太逊色了，你们小时候梦想变成这个那个，可是回头一看，被职业束缚，渐渐地什么梦都不会做了。

这个故事让我在思考后半辈子的生活方式时恍然大悟。我想我应该效法这个小国王。《小国王十二月》（日文版）出版于1996年秋天。具体来说，我从书中领悟到的是：等年过六十五，就应该尽可能从社会责任和义务中解放出来。我的目标于是以下面三点为先：

①制作云的写真集。打从中学时代开始，我就是一个追云少年。长年积存了许多云的照片，旅行途中也会为云画素描。我打算把这些有趣的云朵照片和相关短文汇集起来。

②动笔写图画书或童话。

③制作幽默语录集。

只是，我定下这个目标已经八年了。我虽已年过六十五，却依然没有从社会责任所赋予的工作中抽离。我准备以七十岁为目标。

## 把图画书的深意说给大人听

1999年秋天，我把散文《现在，大人也要读图画书》投递给《文艺春秋》月刊。在此之前，我不曾针对图画书写过任何评论或散文。

在与图画书无关的杂志上，以非童书作家的身份和大人谈图画书蕴含的深奥意义、乐趣和妙处，或许更引人注意吧，所以，之后有很多人邀我演讲，或邀我在电台节目中谈图画书。在不到一小时的节目间，至少收到数十封传真，最高纪录上百封，可见喜爱图画书的人们对图画书寄予了多么深厚的感情。

已经迈入后半生的我，再次发现图画书的美妙，诚如广大读者所言，书是“可以耕耘心田的极乐世界”，这种说法的背后，其实是出于意识到孩子渐渐远离书本而产生的危机感。

青少年时期接触与心智成长息息相关的各种读物，可以培养面对人生挫折的柔软心，拥有理解他人痛苦的同理心以及丰富的感性情绪，懂得对美的事物产生感动。可是，现在小学中高年级不看书的孩子变多了，学龄前幼儿也多半不看儿童读物，而是沉迷于电视、游戏和动画片。不陪孩子看图画书的父母也不少。

孩子的问题总是大人的问题。大人如果不了解图画书的可贵，又如何将它们推荐给孩子？但是有一点必须注意的，那就是本书传达的对图画书的解释和对图画书意义的发掘，说到底都是以“大人的眼光”来看的，不可以强迫孩子接受我的读法和解释。和孩子一起读书的时候，单纯地共享阅读时光就好了。

有一次，在一场图画书研讨会上，我被某位童书专家当众批评了二十分钟。他说：“柳田先生阅读图画书的方式，将造成陪读人的困扰。首先，《佛兰德斯的狗》就过于感伤主义（sentimentalism）；还有，如果我是编辑的话，也不会想出版《獾的礼物》。”尽管我温和地就“大人也要读图画书”“我重新认识的图画书”以及“思考生与死的意义”和他讨论，但是我们的对话始终没有交集。童书专家想否定我这样阅读图画书的方式，实在令人惋惜，难道让孩子储备面对悲伤的力量，不重要吗?

但是在这个慌忙浮躁的现代社会，人们仍然不断通过报纸或电台节目支持我的论点，看重图画书的大人还是很多，一切还是有了希望。有人因着一本图画书引起的共鸣，改变了生活方式，变得有精神，那么，介绍显示图画书力量的故事情节、讲述图画书如何导正人生方向，将会是一桩美事。基于这样的想法，我把人生后半段遍读图画书的心得，全部收录在这本书里。

选自魔法象童书馆《夜鹰之星》

# 目录

# 把悲伤化作心灵食粮

# 白马之魂展开的世界

**图画书中的“生与死”**

源自蒙古族民间故事的《苏和的白马》(『スーホの白い馬』) 讲述的是一个逝去的灵魂通过另一种方式牵系人心的故事。

图画书的主题之一是“生与死”。也许有人质疑这样的图画书主题过于沉重。事实并非如此。图画书早就谈到了各种死亡，例如动物的死，爷爷奶奶的死，孩子的死，等等。

究竟“生与死”是为何物？为什么“生”“死”两个字要放在一起呢？事实上，“生与死”包含以下两种意义。从每个人都会面临死亡或经历他人死亡的角度来看，应该就能充分明白“生与死”的两种意义：第一，当死亡不可避免的时候，该如何生存（或者说怎么活下去）；第二，人的灵魂或精神不会因为死亡而结束，人死后，灵魂和精神依然存续。

第二种意义，死者的精神永存心底，尤其对那些与往生者感情深厚的家人、爱人或战友来说，是很重要的。而以“生与死”为主题的图画书也以阐述第二种意义者占绝大多数。

图画书的可贵，在于死者的灵魂不单能在作品世界里永不消失，也就是说，常驻故事里生者的心中，它还影响受故事感动的孩子和大人在现实生活中的态度，从而创造出新的故事。在新的故事里，死者的精神更加丰满，最后永不消失。

《苏和的白马》

〔日〕大塚勇三 / 改编
〔日〕赤羽末吉 / 绘
〔日〕猿渡静子 / 译
新星出版社 / 爱心树童书出品
2013 年 5 月版

这种美妙的生命联结，我们可以由以下的例子看到，这是从图画书《苏和的白马》衍生出来的例子。

时间和场景回溯到 1981 年日本广岛市东部的福山市。市内有一家专收残障儿童的医疗机构——若草园。镰田俊三是若草园的老师，在他教导的孩子里，柳泰司（昵称小司）是初中二年级的学生。因为脑麻痹的缘故，小司的四肢动作和语言表达都不流畅，可是他好强，非常喜爱绘画。把镰田老师和小司的情感紧紧联系在一起的，就是《苏和的白马》。

《苏和的白马》故事简介如下：

蒙古草原上的少年苏和养了一匹白马。苏和是一位骑马好手。为了取得胜利，他参加了王爷举办的赛马活动。王爷很喜欢这匹白马，所以他欺骗苏和，夺走了白马。为了逃跑，白马把骑在马背上的王爷甩了下来，这个动作触怒了王爷，王爷命令随从发射弓箭。全身中了很多支箭的白马，后来虽然奔回苏和家，却就此一命呜呼。

不胜唏嘘的苏和在梦中听见白马说：“用我的皮、毛和筋骨做一件乐器吧。那样，我就能永远和你在一起，永远陪伴着你了。”苏和依照梦里白马的指示做了一把乐器，走到哪里都把乐器带在身边。每次演奏的时候，苏和感觉白马就在自己身边，所以演奏的乐声就越来越动听，越来越响亮，每一个听者都深受感动。这就是传说中马头琴的由来。

听到马头琴的声音，苏和就变得有精神了哟！

《苏和的白马》首版于 1967 年。自出版以来，读过这个故事的孩子和大人不计其数。赤羽末吉擅长的日本中世纪绘卷风格的绘画，生动地将蒙古族的民间故事进行了戏剧性的展现，把孩子的心带到了大草原上游牧民族的世界里。

利用语文课的时间，镰田把这本自己很喜欢的图画书介绍给园内的学生，但他不只是导读而已。为了生动地讲述书中的故事，他会变换声调，演起独角戏，有时候扮苏和，有时候扮王爷，有时候又扮白马。为了营造气氛，他还自己填词作曲，编唱《快跑，白马！》和《流下眼泪》等插曲。演到白马比赛和逃跑的片段时，为求逼真，他还会在教室里到处跑，表演得十分卖力。在老师卖力表演的过程中，孩子们有时候会在老师的邀请下，一起参与表演，甚至还会扮起白马在教室里到处跑。

当王爷夺走白马的时候，孩子们都露出愤怒的表情。彼时是演到——看到骑着白马的骑手是一个贫穷的牧羊人，王爷轻蔑地对苏和说话，并且骗得白马——这一幕。这一幕对那些因为障碍而多半过着异样生活的孩子来说，可能就是自己的亲身经历，于是他们就把自己当成苏和。

当白马死去，大家都露出悲痛不已的表情。令人惊讶的是，过去从来没有类似情感表现的小司，眼里竟然也涌出了大颗的泪珠，而且泪流不止。镰田老师忍着想夺门而去的冲动，直到演完整个故事。

第二天，镰田老师让孩子们写下自己的感想。小司这样写道：

我感觉悲伤。可是苏和听到马头琴的声音，就变得有精神，实在太好了。我想演奏马头琴，可是要怎么做？马头琴、马头琴、马头琴……

过了不久，同样位于福山市的另一所中学和若草园交流，邀请学生参加文化祭并进行表演。

老师们和园内的学生聊天，询问他们想表演什么。有人说皮影戏不错，至于要演什么，大家各有意见。

就在大家冥思苦想的时候，小司大喊："苏、苏和的白马，演、演皮影戏！"

他的表情很认真，笃定的声音透露出他真的很想演《苏和的白马》。

"我想演苏和！""我想演王爷！"大家热烈地讨论，好像要把《苏和的白马》演成皮影戏这件事，已经板上钉钉了。至于小司，则想演白马这个角色。

就这样，小司和其他孩子尝试跨越语言和肢体的障碍，开始挑战皮影戏的表演。

## 十四人卖力表演的皮影戏

《苏和的白马》这出皮影戏的脚本由镰田老师撰写，主题曲和插曲也由镰田老师作曲填词。

孩子们扮演起自己期待的角色，如苏和、白马、王爷或随从等，同时还配合剧本，用厚纸板剪出人物、白马等书中主角的剪影。他们还花了数月的时间，以朗读的方式不断练习，记住台词。由于他们的四肢动作不协调，所以光是初稿就重画了好几次。不过因为孩子们喜欢画画，所以日子也过得愉快。演白马的初中二年级学生小司，为了不同场景的需要，还画了好几只白马。他把圆珠笔夹在不灵光的右手中指和食指之间，一笔一笔慢慢地画着。

文化祭这一天终于到了。会场的体育馆以大家合力制作的白马为装饰。体育馆里挤满了学生和家长，有数百人。当会场的灯光变暗，文化祭以钢琴演奏的形式拉开序幕，与此同时，包括小司在内的学生们合唱起由镰田老师填词作曲的主题曲《苏和的白马》。

图画的影子在布幔上晃动，皮影戏开始了。小司吃力地用右手举起白马，让布幔映出白马的影子。虽然他的左手不能动，但是靠着女同学的帮忙，操作杆和白马的前后脚也都可以动起来了。对小司来说，举高右手举起白马的姿势十分吃力，可以从他额头冒出的汗水看出，他演得相当卖力。当然其他孩子也都在热情地表演。虽然孩子们的台词说得有点儿结巴，但他们认真表达、认真操作皮影，把故事演绎得极具动感，吸引着会场里的学生和家长。

当演到苏和昏厥这一幕时，学生里隐约传来啜泣的声音。环顾会场，镰田老师甚至看到那些以前在若草园前模仿肢体障碍儿的走路方式、嘲弄这些障碍儿的男生也红了眼睛，专心看着舞台上的表演。

一直不用出声，操控着白马的小司，到了表演快结束的时候，却要说一段不算短的台词。这段台词是死去的白马在苏和的梦里对苏和说的一段话，小司用尽全力一个字一个字地说道："苏、苏和，苏和。请、请、请不要那、那么难过。用、用、用我的皮、毛和筋、筋骨做、做成马、马、马头琴。那、那样，我就能永、永、永远和你在、在一起……"

最后，演出终于结束，掌声此起彼伏，不曾停下。布幔后面扮演各种角色的十四个孩子整齐地走向幕前，此时掌声更响了。孩子们的眼中闪耀着达成目标的喜悦光芒。

**和小司的约定**

一年过去，春季来临时，镰田老师因事转校，去了新加坡的日语学校。小司后来也回到了住在大阪的父亲家。

后来，离开日本三年的镰田老师回到日本，在广岛市的小学任教。他一直挂念那些曾经表演皮影戏《苏和的白马》的孩子们，因为他与孩子们有个约定。就在不断练习皮影戏的某一天，镰田讲起草原上的国度蒙古时，小司认真地说想去蒙古看白马，还要去听马头琴演奏。看到他眼中闪烁着光芒，镰田不假思索地说："看什么时候，老师带大家去蒙古。"

可是当时的蒙古在苏联势力范围内，是无法自由进入旅行的。加上镰田老师当时财力不足，没法带孩子们去。就这样，时光倏忽而逝。

镰田老师突然接到小司不幸过世的消息，是在1993年11月的某一天。当时是小司的父亲来电。曾经因为身体虚弱而住进大阪医疗院的小司，因为玩打火机，火苗烧到睡衣以致全身烧伤，后来治疗无效，不幸去世。对镰田老师来说，蒙古之旅的约定尚未实现，小司的去世无疑是巨大的遗憾。

“我要带着小司的照片，去看蒙古的白马。”

镰田老师这样下定决心，一点儿一点儿地准备旅行的盘缠。苏联解体以后，去蒙古旅行就容易多了。

真正踏上旅程，是在2000年暑假的7月。他没有参加团体旅行，而是独自前往。镰田向旅行社表示，自己想去拜访草原游牧民族，骑一骑白马，还想见一见马头琴演奏家，听听他们演奏。另外他还希望旅行社可以帮他找一位通晓蒙古音乐的人，来做自己的翻译。可是这一切要如愿，似乎非得亲自到当地寻找不可。于是就在一切尚未明朗的情况下，镰田踏上了旅程。

到达蒙古首都乌兰巴托的机场时，前来接机的是有过留日经验的女导游兼翻译，名叫胼巴。后来聊起来才知道，原来胼巴的父亲杰楞德吉就是被蒙古指定为“国宝”的马头琴演奏家。胼巴的弟弟，也就是杰楞德吉的次子索优尔艾尔德，在蒙古也是新一代年轻民族乐器演奏家。他们住在距离乌兰巴托数十公里的村子里。可是那里没有白马，所以他们打算去其他游牧民族的村子找找看。

朋巴小姐很快用吉普车接到镰田，随即开往游牧民族居住的村子特勒热吉。车子驶过草原上的颠簸道路，几个小时后到达目的地时已经是晚上了。一行人就借住在一户牧民的蒙古包。在蒙古包里的欢迎宴席上，镰田老师跟年纪尚轻的一家之主穆夫聊到小司的事。听着听着，穆夫说了一句“原来如此”，脸上露出了深受感动的表情。

**草原闪耀着金色的光芒**

第二天午后，穆夫不知从哪里牵了一匹白马回来。镰田心里不禁大叫：“白、白色的马，是白色的马啊！”

镰田拿出一直放在胸前口袋里的小司的照片，让小司也能看一看这匹白马。

“小司终于看到白马了！”

镰田感觉胸口热起来，他凝视着白马。穆夫说道：“要不要骑骑看？”

蒙古马的体形较小，骑乘容易。安抚了一会儿，镰田就依照穆夫的指示拉起缰绳，命令白马向前走。镰田一面闻着空气中青草的味道，饱览草原风光，一面和穆夫一起骑马登上山丘。不一会儿，镰田竟唱起了自己为那出皮影戏所作的曲子《快跑，白马！》。

到了山丘上，广袤的草原一览无余。绿色的草地在蔚蓝的天空下，就像涂了一层发光的金粉，很是炫目。脚边还开着小白花。蓝得动人心魄的苍穹下，蓬松的白色云朵飘浮着。镰田老师再次从口袋里拿出小司的照片，想让他好好看看蒙古七月的风光。

夜里从蒙古包出来，满天星斗。这是在日本不曾见过的澄净天空，好像整个穹隆都会降下闪亮的星星。一颗流星，两颗流星……镰田想起已在天国的小司和其他有肢体障碍的孩子的面容，嘴里这么数着。

大约一星期过去，腁巴再次用吉普车载着镰田，向镰田介绍杰楞德吉居住的成吉思汗村。先前接到腁巴电话的父亲和弟弟已经在此等候，他们要在镰田造访的那一天，在草原中央举办一场马头琴演奏会。杰楞德吉父子俩合掌默祷："希望在天国的小司能听到我们的演奏。"然后便拉起了马头琴。

马头琴纯净而深邃的琴音传遍草原。蔚蓝的天，洁白的云，镰田老师仿佛看见了小司的身影。他拿出胸前口袋里的照片，好几次低语着："小司听到了哟。"此时距离那出皮影戏演出的时间，已倏忽二十年过去。

回到日本后，镰田努力把这次体验整理成文，并在 2002 年 1 月出版了《遇见苏和的白马——天国的小司到蒙古》(『スーホの白い馬に会ったよ——天国のやっちゃん、モンゴルにいく』) 一书。而我的这部分文稿，则是将该书记述的内容，加上我对镰田老师的采访，重新编写而成的。

小司的故事尚未结束。杰楞德吉父子已经允诺要来广岛，为小司和日本的孩子们举办一场演奏会。

**蒙古来的马头琴演奏家**

虽然镰田老师带着逝去的小司的照片去了一趟蒙古，就是为了要和苏和的白马见面，但可以的话，他还想带曾经和小司一起演出的其他孩子到蒙古去。

不光这样，镰田还希望蒙古最杰出的演奏家杰楞德吉和索优尔艾尔德父子可以到日本，为大家演奏，为大家歌唱。他想让许许多多的孩子可以听到马头琴发出的天籁之音。

幸运的是，杰楞德吉父子被小司的故事深深感动，所以答应到广岛为逝去的小司和日本的孩子们演奏。可是单凭镰田老师的力量是无法办成演奏会的——会场要租借，准备工作和当天正式演出时需要人手，来宾的机票和会场租赁费等资金也需要张罗。

镰田老师心想，难得请来杰楞德吉父子，那就要好好策划出让广岛和蒙古的文化产生碰撞交流，让孩子们可以完全融入并且获得快乐的节目才行。

在能否促成此事都未明朗的阶段，镰田已开始着手设计这场马头琴演奏会的脚本。虽然镰田没有受过音乐大学的洗礼，没有正式学过作曲或乐器演奏，但他从小练习钢琴，而且也会作曲。

二十年前在他导演《苏和的白马》这出皮影戏的时候，也是自己写脚本，还自创了四首曲子。

镰田老师的想法逐渐飞扬起来：就在朗诵中加入合唱吧！还有，为了在演奏马头琴和朗诵的时候，营造出真实感，或许可以把蒙古大草原、零星分布的蒙古包和白马的影像，通过投影仪投射在舞台背后……

构想成熟后，镰田决定向地方教育人员和家有残障儿童的父母请求帮助。自愿给予帮助的人和广岛蒙古协会的人通通聚在一起，成立了一个“马头琴与朗诵音乐会”执行委员会。合唱部分由广岛合唱同好会担纲演出。所需经费在入场券每人999日元[1]及镰田老师所著《遇见苏和的白马——天国的小司到蒙古》的版税支持下，勉强可以支撑。杰楞德吉父子和担任翻译的胼巴，也很爽快地接受了邀约。

音乐会在两个地方举行，一是小司曾经入院接受治疗的广岛市东部的福山市，二是镰田老师任职的小学，也就是广岛市东部的安艺区。演出日程为：2002年8月23日在福山市，8月24日在广岛市。

我出席了8月24日在广岛市安艺区文化中心举办的那一场。拥有五百个座位的文化中心，几乎被受邀前来的残障儿童及其父母挤得满满的。

节目上半场，首先由广岛合唱同好会的五十四位成员合唱《苏和的白马》主题曲。曲终，舞台和会场的灯光暗了下来，此时坐在舞台右侧的镰田老师成为焦点，他穿着杰楞德吉赠予他的红色的蒙古民族服装。会场瞬间静下来，镰田老师开始朗诵拿在手上的《遇见苏和的白马——天国的小司到蒙古》。

当他读到白马被苏和养成一匹健壮的马，并在王爷举办的赛马大

[1] 当时1日元约合人民币0.15元。——编辑注

会上获胜的时候，舞台再次亮起，合唱团接着演唱《快跑，白马！》。

白马跑啊！

白马跑啊！

朝那座山跑去！

朝那小丘跑去！

驮着背上的苏和跑啊！

这是二十一年前，那些孩子演出皮影戏时，大家最喜欢的合唱曲。

灯光变换，镰田老师再次成为焦点，他又朗诵起来：

王爷想得到获得胜利的白马，强行夺取。为此与之抵抗的苏和负伤而回。虽然白马扭动身躯，把骑在背上的王爷甩下来后逃跑，可是白马全身都中了箭，等到逃回苏和家的时候，白马已经奄奄一息，不久便气绝而亡。不胜悲凄的苏和受出现在梦中的白马请托，便用它的皮、毛和筋骨做成了一件乐器。苏和制作的马头琴发出美妙的乐音，响遍了蒙古，抚慰着人心。

这也是在皮影戏里扮演白马的小司，努力背诵过的台词。

此时又开始合唱《我的白马》。

可以看见绿意这般闪烁，

可以看见天空如此蔚蓝，

或许都是因为遇见了你……

像雪一样白、一样温柔——

我的朋友。

镰田老师的朗诵，从若草园学生主演的皮影戏获得成功开始，中间经历小司去世，然后是若干年后镰田带着小司的遗像去了蒙古旅行，在草原上遇见了白马，一直到聆听杰楞德吉父子演奏马头琴为止。

舞台后的墙面上，配合朗诵的节奏，放映着镰田老师在蒙古拍摄的草原风光、白马和蒙古包等照片。穿着以红色为主、色彩丰富的民族服装的杰楞德吉和索优尔艾尔德，在节目上半场的最后，拿起马头琴，配合着合唱团的节奏，演奏起蒙古人广为传唱的《折纸鹤的广岛少女》[1]。

**新“灵魂故事”**

节目下半场，只有杰楞德吉父子的马头琴演奏。《如天马的乌楞波尔》是二重奏，《骑着栗色马》由杰楞德吉自弹自唱，《成吉思汗》则是身穿冷色系英雄服、头戴尖顶战帽的索优尔艾尔德的独奏曲。二重奏和独奏曲巧妙穿插，有的曲子悲切忧伤，有的曲子则借朗朗的歌声传播到远方。

在大草原奏响了数百年之久的马头琴，有着饱含怀念之情的深邃琴音，让人忆起灵魂的故乡。杰楞德吉粗犷且纯净的嗓音震撼人心。我已成了马头琴的俘虏，来到会场的人也深深地沉醉在琴音中。

[1] 源自日本少女佐佐木祯子的故事。佐佐木祯子是1945年日本广岛原子弹事件中的幸存者，后因核辐射后遗症于1955年去世。临终前，她在病床上折千纸鹤祈求康复，因其特殊公众人物的身份，折纸鹤很快流行起来，成为反战和祝愿世界和平的象征。——编辑注

终曲是马头琴、合唱团与会场全体人员的大合奏，曲目包括《春天的小河》等日本童谣。二十多位残障儿童也一起上台高歌，其中有坐轮椅的孩子，还有躺着的孩子。镰田老师开心地拉起跳舞女孩的手，一起跳舞。坐在最前排的小司的父亲也打着拍子，投入地唱着。

回顾二十一年前（1981年），当时身体残障的小司等孩子参加中学文化祭演出皮影戏，可以说是件罕见的事。重度残障的孩子受到社会的排挤，就算他们想学着普通人做些什么，也几乎没有机会。但如今在“遇见苏和的白马”这场音乐会的舞台上，所有残障孩子的脸上都浮现出笑容，他们快乐地摆动身体，一起歌唱。杰楞德吉父子和担任翻译的胼巴也都跟着笑了。

我感觉到时代正在发生剧烈的变化。

我也再度思索人类灵魂的问题。小司因意外而不幸离世，但他喜欢图画书《苏和的白马》，在皮影戏里努力扮演白马，祈愿有一天能到蒙古看白马。他的灵魂活在今天因这场马头琴演奏会而齐聚一堂的孩子和家长心中，活在合唱团的成员甚至蒙古马头琴演奏家的心中。

《苏和的白马》讲述的是一个美丽白马的灵魂转换成马头琴的形体以延续生命的故事。马头琴的琴音不只带给苏和感动，也安定了蒙古族人的心，带给很多人感动。像这种深入灵魂层面的故事不会在图画书中结束，现实人类社会中创造出灵魂“复活”的故事也不少。我就遇到过几个这类故事，小司的故事就是其中之一。

为灵魂“复活”开辟出一条道路的，无疑是像全身心爱着白马的苏和这种人，还有深受图画书《苏和的白马》吸引的老师——他们的生命与残障孩子的生命交织，向孩子介绍图画书从而吸引孩子爱上图画书，甚至还以图画书为脚本，让孩子们演皮影戏；为了达成已故学生的愿望，带着遗照到蒙古旅行，最后终于请来马头琴演奏家到日本举行演奏会。就是他们，孕育出了这种直抵人心的“灵魂故事”。

图画书向我们展开的世界既广且深。

## 深烙在心里的弟弟之死

**父母伴读能培养孩子的感性认知能力**

自愿到幼儿园、托儿所或小学等担任故事妈妈，陪孩子读图画书的活动，正在日本各地蓬勃展开。我认为，这样的活动虽小，却为日本的未来点亮一盏明灯。

战后以福音馆书店编辑的身份，对日本图画书发展贡献极大的儿童文学家松居直，在大学任教的时候，经常会问学生：“小时候读过图画书的人请举手。”大部分学生都举起了手。可是当他再问：“那么，父母曾经陪你读过图画书的人，请再举手。”这时候，举手的人变得很少。表示父母曾伴读过，或父母曾为自己念过图画书的人，更是出奇地少。

松居直肯定地说：“孩提时，不曾有过父母伴读经验的人，就不算读过图画书。”只是独自翻看书中的图画和内容，就不会有强烈的感动，不会获得记忆深刻的体验。父母伴读的时候，会投入感情地念，有时候还会配合书中的内容变换语调，时而是恐怖的声音，时而是欢乐或悲伤的声音。在生动的伴读过程中，孩子就会被图画书的世界吸引，并且培养出感性认知能力以及体会故事内容的能力。

想起儿子们小时候我陪在他们身边读过许多图画书，我就感到松居直说得有道理。

2002 年秋天，我首次在 NHK 电台谈论图画书，令人惊讶的是，电台收到许多听众的传真信件。他们把对图画书的感想都写了下来，其中一封来自日本神奈川县逗子市的松本眉子，她的信中这么写道：

带着年近四岁的女儿一起去图书馆借阅图画书，已经成为我的乐趣。我终于把令人怀念的孩提时代读过的书，又借了出来。在我小时候，我的母亲和大我六岁的姐姐曾为我伴读。再一次将那些图画书拿在手上，发现里面有文字，我吓了一跳。对这些图画书的回忆和夜里躺在我身边、念书给我听的母亲的发香，还有听到紧张处时紧紧抓住姐姐裙子的触感，都一一浮现在我的脑海里。

这些回忆很快乐很温暖，我也会以这样的态度为我的女儿伴读。

拥有令人怀念的孩提经验，并且把这些经验运用在当下生活里的这位母亲，让我十分佩服。母亲的发香和姐姐裙子的触感，这种侵肌入骨的生活体验，显示出她曾经成长在被满满的爱所环绕的环境中。当知道图画书会和这样的记忆融为一体，并深烙在心里的时候，我们便会强烈感受到一个人小时候与图画书接触的重要性，特别是与图画书接触时的状态的重要性。

下面，我想讲这样一个故事，一位少年通过一本图画书将弟弟的死深烙在心里。这个故事已收录在由松居直、河合隼雄和我共同完成的《绘本之力》(『絵本の力』) 一书中，书出版后，少年寄来一封具有重大意义的信，我后面也会提到。

时间回到 1997 年初春。

位于东京中央区的圣路加国际医院来了一位因急性脑炎而紧急住院的两岁零八个月大的孩子，名叫法月良太。送到医院的时候，法月良太已经毫无意识，陷入了“脑死状态”。在入院大约两周的某一天，良太的主治医师宣告他的病情“很难好转”。

良太的母亲惠自从良太住院以来，就一直祈祷良太可以奇迹般地恢复健康。可是听到医师的宣判，还是得接受良太的死，什么事也做不了，惠的心里十分痛苦。而且良太八岁的姐姐由加和六岁的哥哥康平更无法理解弟弟就要死去的事，他们相信弟弟会好起来，并且折着纸鹤，还把玩具带来了。他们会问：“良太什么时候可以回家？”尤其是康平，他还说：“我很伤心，但我不会哭。”两个孩子的话令人担心。

惠求助于小儿科医师细谷亮太。她曾经拜读过细谷医师的作品，很尊敬他，即使他不是孩子的主治医师。惠表示：“对于良太的死，我不想让两个孩子觉得这是一段失败、恐怖的回忆，以致产生负面情绪。我想让良太的死变得有意义。我想请医生开导开导我的孩子。”

**为两个失去了弟弟的孩子读图画书**

过了不久，细谷医师带来一本图画书。他把椅子拉到床边，让由加和康平坐在他的两侧，然后打开图画书。这是英国画家苏珊·华莱所著《獾的礼物》。

细谷医师慢慢地翻页，用心讲述着。动物村的长老獾知道自己快要死了，所以他提前告诉朋友们自己不久后会去下面的长隧道，希望他们不要太悲伤。獾并不畏惧死亡，因为他知道躯体没了，精神还会留下来。而且他认为，死亡就是进入睡眠，进入梦的世界。在阴暗的隧道里，不用拐杖也能走路，身体会飘起来，死亡是一趟愉快的旅程。

经常来玩的动物们得知獾的死讯后，悲伤地度过寂寥的冬天。不久，春天来临，大家三三两两地聚在一起，互相诉说着对獾的点点回忆。学会用剪刀剪纸的鼹鼠、学会溜冰的青蛙、学会打领带的狐狸……大家对獾留给他们的欢乐回忆满心感激。大家谈论的时候，仿佛獾就在身边。在一个温暖的春日，鼹鼠对着天空说："谢谢你，獾。"他相信獾一定能听到。

念完整个故事，细谷医师又对由加和康平说："獾是成了老爷爷之后死掉的，有些人则是小时候生病死掉的。有些病怎么治也治不好。我们虽然感到悲伤，可是一点儿办法也没有。我想良太不久就要穿过隧道获得自由了，现在，他一定睡得好好的，没有痛苦也没有烦恼，知道吗？"

后来，孩子们的母亲惠在 2000 年 8 月一场在神奈川县举办的互

《獾的礼物》

〔英〕苏珊·华莱 / 著·绘
杨玲玲、彭懿 / 译
明天出版社 / 信谊图画书出品
2008 年 9 月版

相倾诉死别经验的聚会里，提到当时孩子们的反应："说好不哭的由加和康平两个孩子都哭了。细谷医师对孩子说的每一句话，对站在一旁聆听的我和我先生来说，就像往干裂的土地上浇水一样，慢慢地、温柔地扩散开来。"

此外，过去一直希望肉体可以奇迹般复活的惠突然注意到："我和家人能在读图画书的这段时间里慢慢接受与良太的离别，这难道不也是一个奇迹吗？"如果真是个奇迹，那么"至少让良太能以可爱的模样飞向天国，也算是此生我们送给良太最后的礼物了"。惠的想法

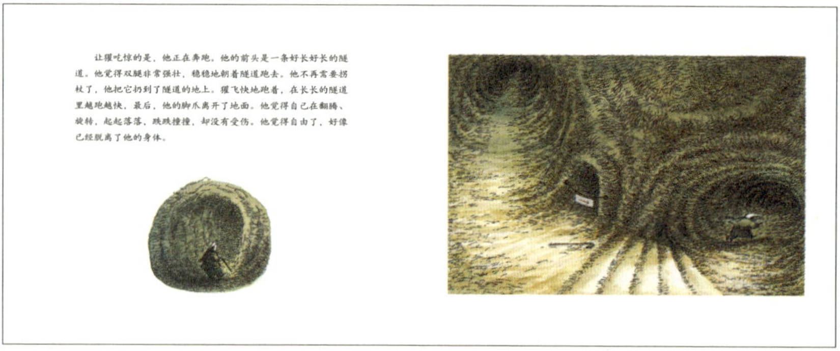


《獾的礼物》内页

就这样有了一百八十度的转变。

后来他们慢慢撤掉了良太身上的插管，停止了药物输送。据说当时良太的表情既安静又可爱。

良太在世的最后一天，良太的父母、姐姐由加和哥哥康平依次向他道别。

事后四年，我在 2001 年春天收到康平寄来的信。此时的康平已经是小学五年级的学生。我一直对在六岁与弟弟死别的孩子的心理，以及医师读图画书给他们听的意义深感好奇，因此看到小学五年级的康平写出内心感受的信，我非常感动，在此引用信中部分内容：

妈妈读这本书（《绘本之力》）给我听，让我感受到很多事。我本来以为，我们的故事只有我的家人会了解，但令我吃惊的是，人不在现场的柳田先生竟能完全了解我的心，这是我想都没想到的。

前些日子，当我第一次向朋友提到弟弟良太的事，朋友一边掉眼泪一边听我说，这让我感觉说出来真好，心中的压力好像也减轻了。

《獾的礼物》内页

过去虽然我也曾想说出来，可还是觉得不说比较好，于是就一直没说。到了五年级，好朋友和我同班，我就说了。

良太现在虽然在天国，可是每天不管在哪里，我感觉他都跟我在一起。对我来说，那本《绘本之力》就是我心中的一扇窗。

就算是六岁的孩子，也有能力充分感受并且理解人生中的大事。图画书这样的媒介，就具有唤起隐藏在幼年期的感性认知和理解力的力量。大人直率坦白地与孩子对话，是何等重要啊。

### 诉说爱子之死的意义

细谷医师为由加和康平读《獾的礼物》带来的巨大影响，不只是让两个孩子可以理解并且接受死亡，从惠的转述中可以看出，对两个孩子的父母来说，他们的人生态度也被扭转了。

而且，这个转变的契机让身为母亲的惠在与良太死别之后，对“生与死”有了更深刻的思考与探索。尤其惠在前面提过在相互倾诉死别经验的聚会上，得到倾诉与良太死别经历的机会，使自己在凝视内在心灵、进行深耕之外，其他方面也有了重大提升。惠在两个月后写给我的信中说：

我知道要把自己的想法化成言语是很困难的。可是良太死后，我有了第一次向人倾诉与爱子别离的机会，实在感恩。对我来说，这份（为演讲所拟的）文稿，已经成为良太送给我的难忘礼物。

丧子后的四年来，再怎么痛苦，也不会因为有谁教我怎么办，就可以从痛苦中逃脱出来。我固执地认为自己唯有承受它，别无他法。

…………

而且当我看到以前在现实世界看不到的东西时，我就会思考今后自己的人生要以什么方式和良太一起度过。现在的我已经可以把失去良太的心情化作言语表达出来，并且通过一些具体形式，把自己的悲伤和他人的悲苦联结在一起。

惠写下了失去所爱的悲伤与痛苦，就此来说，我觉得惠已察觉到自己触碰到问题的核心了。以我自己为例，自从次子洋二郎在二十五岁去世之后，写下死别经验的举动是让我从绝望中重新出发的决定性因素。因此，“写下来就是活下来”这句话就成了我的座右铭之一。当我展读惠的信时，有“心有戚戚焉”的感觉。

再说惠来信的另一段内容，带给我的震撼更大。

“疗愈”这个名词在这数年间已经成为流行语。其方法多种多样，诸如音乐疗愈、读书疗愈或大自然疗愈等。可是对我们这些有失去亲人经验的人来说，所谓的“疗愈”，绝对不是件轻松的事。不再试图摆脱让胸口窒息的痛苦和悲伤，而努力地活下去，这样的人生才叫作被“疗愈”了的人生。

2002年11月，惠又受神奈川县儿童医疗中心的邀请，希望她能出席以医生和护士为对象的研讨会，谈谈她的体验。通过这次演讲，惠对自己内心态度的变化，以及良太的死给哥哥姐姐带来了什么，再次有了新的认识。也就是说，惠又有了新的观察。

这项新观察的重点与“合掌祈祷”的习惯有关。由加和康平之所以可以接受弟弟的逝去，不单是医院开导得好，两个孩子自小就会合掌祈祷，也是影响他们转换心情的重要因素。

惠的这个看法，我由衷地认同，甚至想说：“对，我也是这么想的！”因为在我小时候，家中的大人和小孩早晨起来，都有向厅堂的祖先牌位和家里的神坛、佛坛合掌祈祷的习惯。二哥在我九岁时去世，父亲在我十岁时辞世，我看到母亲和哥哥姐姐对着他们的牌位合掌默祷。我想这个习惯的确影响了我，让我可以平静地接受他们的离去。

惠写给我的信中，有这么一段：

当凝视蓝到不行的天空以及天上飘浮的闪耀白云时，当看到高挂天际的七色彩虹和羽色多彩艳丽的小鸟时，以及当发现柏油缝隙里长出一朵开出小花的杂草时……凡此种种，孩子们对大自然中生命的创造者，没有理由地，就是知道她的存在。因此，生与死是无法被切断的，而且事实上，认为生命是延续不断的想法，不就是孩子们最可贵的想法吗？

我认为，不断观察、思考越来越深入的惠，是一位了不起的女性。死亡绝非只有消极的一面，它还有一般人少会注意的，可以正向促使我们懂得人生要义的一面。

# 化悲伤为希望

## 《1000把大提琴的合奏》朗读公演

2002年春天，樱花开得比往年都早，在偕成社担任编辑的朋友H先生邀我一起去看演奏会。朋友说这是一场由妈妈团体主导，将伊势英子的作品《1000把大提琴的合奏》放大制作成大型图画书，然后一边翻书一边加入钢琴和大提琴演奏的公演。

《1000把大提琴的合奏》也是让我深受感动的读物，加上当天正好有空，所以依约前往。

所谓“朗读图画书”，通常指的是，父母坐在沙发上，抱着孩子或让孩子坐在旁边，给孩子讲故事，或在床边讲睡前故事，或是在幼儿园、托儿所、小学低年级教室，由老师或故事妈妈声情并茂地给孩子讲故事，这些都是现今广为流行的方式。可是这场公演却是由女演员中井贵惠领衔，由妈妈们一起演出的。她们把图画书的图画放大描摹在纸或布上，以生动的演出方式配合朗读，一边讲故事，一边加入钢琴和大提琴演奏。

图画书《1000把大提琴的合奏》取材自1998年为灾后重建而举办的“千人大提琴演奏会”，那一年是1995年日本阪神大地震发生后的第三年。这是一本内容颇具深度的作品。正因如此，中井贵惠等人策划的朗读公演会通过什么样的方式加强故事的张力以打动人心，就令人十分好奇。

这本图画书通过描绘大提琴演奏场面来表现人类心灵的共鸣。所以我能预感，伴有大提琴琴声的图画书讲演，一定会给观众带来强烈的震撼。

宣传单上写着“1000把大提琴的合奏——公益大提琴演奏会与朗读会”，下面还补述这样的讯息：

大提琴的琴音是小鸟的声音、是风的声音，是小狗的热情、是夕照的天空、是白色的花朵……

七年前，人们灾后重建的愿望就像风拨动着大提琴的琴弦，终成一种和谐的乐音。心的步调一致了，一切顺利进行……想必你的心里也一定吹着暖暖的春风吧！

终于到了公演当天。场地不大，只有150个来宾席，可是包括带孩子来的父母在内，现场却挤进了大约180人，约莫30人站着观赏，现场气氛热烈。其中还有一位残障女孩，由母亲推着轮椅前来。节目开演之前，会场里就弥漫着温馨的气息。

公演的前半段，是由担任大提琴手的吉滨绫伽和担任钢琴手的荒井泰子小姐共同演出的迷你演奏会。温柔而丰富的大提琴琴音深深吸引着与会的大人和孩子，大家的脸上都露出了平和的表情。公演中演奏的曲目，都是孩子们熟悉的作品，包括卡米尔·圣－桑（Camille Saint-Saëns）的大提琴曲《天鹅》（*Le cygne*）以及罗伯特·舒曼（Robert Schumann）的《童年情景》（*Kinderszenen*）等。

演奏的调性与后半段《1000把大提琴的合奏》的朗读十分协调。

《1000 把大提琴的合奏》

〔日〕伊势英子 / 著 · 绘
周龙梅、彭懿 / 译
贵州人民出版社 / 蒲公英童书馆出品
2017 年 5 月版

到了休息时间，工作人员忙着准备朗读时需要的“舞台道具”。或许是第一次公演，工作人员的表情显得有点儿紧张。

舞台正中央放置了一个微微挑高的大台座。台座上预留了摆放大型图画书支撑架的空间，让人不禁联想这将是一场超大型的纸剧场表演。仔细一看，大型图画书的宽和高竟然有 1.5 米 ×1 米那么大，是将图画书中的内页放大后描摹而成的。负责翻动大型图画书的工作人员身穿利落的黑色衣服，站在两旁。

演出者统一穿着黑色服装登台，各就各位。中井贵惠身姿挺拔地坐在右侧一个高靠背椅子上，手捧图画书负责朗读。钢琴放在左侧，由荒井女士弹奏。在钢琴前面稍微靠近舞台中央的地方，吉滨女士负责演奏大提琴，这里安排了一个特写镜头。舞台上还设置了五盏舞台灯，其中有一盏聚光灯。

当灯光变暗，大提琴手的位置成为会场的聚焦点时，吉滨绫伽就拉起了她为《1000 把大提琴的合奏》这本图画书创作的前奏曲。此时舞台亮起，舞台正中央的大型图画书在灯光的照射下浮现出来。柔和的水彩是画面的基调。随风飘摇的绿色树枝、白鸟，以及蓝天上大提琴形状的白云、云朵中拉着大提琴的少年，都是作者为表现少年纯净的心所构思的画面。

## 如何表现混沌的体验

在大提琴和钢琴的伴奏下，负责朗读的中井贵惠被灯光照亮，大型图画书的封面也随之翻动。第一页描述的场景是：少年正在上大提琴课的时候，一个抱着大提琴的小女孩走了进来。

“今天，大提琴教室里来了一位新学生。”

中井贵惠朗读的声音直抵人心，我听到了观众的赞叹声。

“那个女孩拉的曲子比我的难多了。流畅的琴音虽然很有气势，但听起来好像怒气冲冲的。”

布上图画的绘者平野知代子和宗佳代子姐妹俩负责翻页。由于布面上放大的画要比原本的图画书大得多，在气氛上显得更突出，所以每当大型图画书翻页的时候，坐在我旁边、同样被朋友 H 先生邀来的画家伊势英子女士都会露出惊讶且认同的表情，专心注视着眼前的画。

伊势英子曾经在大地震后不久，走访了受灾地神户。她在长田区、滩区及东滩区这几个住宅区来回走过几趟。那个时候，长田区留有好似经历空袭的残迹，滩区、东滩区则有几座高层大楼倒塌在三宫十字路口附近，颓倒崩毁的房舍绵延不绝。身为画家的伊势英子，虽然想呈现些什么，可是受到如此悲惨的灾情的冲击，她怎么也画不出来。

不是不能画，而是她无法用观察一般人物和山野的眼睛，去看那些生活在冷风中、帐篷里的受灾户。她只感到悲伤，无法拿起笔来作画。于是，她开始用心去看并且说给自己听，同时努力将自己的所见所闻深深地记在脑子里。

“究竟要如何表现这种体验？”一直找不到答案的伊势英子就这样过了几年。三年后的 1998 年 11 月，当她得知神户要举办“千人大提琴演奏会”以支援震后复兴的时候，就立刻报名参加了。对她来说，大提琴和绘画一样，都是自小养成的兴趣。而这场由神户世界纪念馆举办，参与者国内外加起来总共有一千名大提琴爱好者的演奏会，就成了伊势英子从深烙脑海的混沌体验中产生结晶并使之升华的决定性契机。此后，伊势英子花了两年的时间进行创作和绘图，其间完成的作品就是《1000 把大提琴的合奏》。

这本书讲的是，如果能与有过丧失体验的人在悲伤中产生共鸣，一定可以开辟出一条孕育新的生命能量的道路。无论孩子还是大人，在他的生命岁月里必定会有各种失去重要东西的体验，无论失去的东

《1000 把大提琴的合奏》内页

西是大是小，如果可以正向面对失去的悲伤，或许就能理解别人的悲伤。体验过失去的人，如果可以感受不同的丧失体验，用心倾听各种悲伤，或许就能找到新的生活方式。而这或许也是让地震受灾的体验永远被人们记住，同时提醒人们还有数万人等待救援的一个方法吧。

《1000把大提琴的合奏》的主人公“我”是生活在远离神户的城市里的少年。“我”失去了心爱的狗狗，父亲给爱哭的“我”买了一把大提琴，“我”由此开始学习演奏大提琴。“我”在神户遇见了一位失去家园，搬到这里的女孩。在来这里之前，她不得不放飞自己的宠物小鸟。所以住进避难帐篷时，她很难过。“我”和女孩成了好朋友。有一次，“我”和女孩一起背着琴去练习室，遇到一位经历过不幸的老爷爷，他告诉我们，他们在为助力灾后重建的音乐会排练。于是“我”和女孩也决定加入。

这就是故事的梗概，就像书中少年男女和老爷爷偶遇，这本图画书出版后也与许多人偶遇，中井贵惠等人便是这些偶遇中的参与者。

**母女一起掉泪的图画书**

中井贵惠小姐和朋友一起制作大型图画书，然后讲故事给孩子听的举动始于1998年10月。而制作大型图画书的契机，则源于二女儿琴子就读的幼儿园曾邀请她做演讲。

多年前，大女儿绢子出生后，中井为了尽一个妈妈的职责，辞去了演艺工作。后来，女儿就读的幼儿园发来演讲的邀约，但中井婉拒了。

《吊桥摇呀摇》

〔日〕森山京 / 著
〔日〕土田义晴 / 绘
陈珊珊 / 译
贵州人民出版社 / 蒲公英童书馆出品
2013 年 4 月版

可是中井确实想为孩子们做些什么，她注意到可以读图画书给孩子听。就在此时，她想起了大女儿上幼儿园时让母女俩都很感动的图画书《吊桥摇呀摇》(『つりばしゆらゆら』)。那是森山京作文、土田义晴绘画的作品。

《吊桥摇呀摇》讲的是一只小狐狸虽然害怕，可还是想办法走过横在河上的一座吊桥的故事。小狐狸的朋友小熊和小兔子都没走过这座吊桥。吊桥不但会因强风摇晃，而且从吊桥上面往下看，下面深得吓人。可是小狐狸还是打算独自走过去。因为他听山猪伯伯说，对面的山里有一只和自己年纪相仿的女生小狐狸。

第一个早上，当小狐狸走到吊桥的第三块木板时，从木板间的缝隙往下瞧，看见蓝蓝的流水。突然间，小狐狸双腿发软，无法前进了。第二天他走到了第五块木板，第三天走到了第六块木板。就这样，小狐狸一点儿一点儿地增加前进的距离。

可是遇到刮大风、下大雨的日子，就没法练习了。但是只要天气放晴，小狐狸又会开始练习。某天早上，小狐狸从路旁摘来红色茶花，向着对面从未见过的女生小狐狸居住的山小声说："这个给你。"然后就把花放在了吊桥中间。

当他好不容易走到桥的正中间时，他听到有人在呼唤自己。他吓了一跳，盯着对面看，可是连个影子都没看到。回过头去，发现原来是好朋友小熊和小兔子正在叫自己。

小狐狸小声向对面的山说："希望有一天，我们能够一起玩！"然后折了回去。

故事在这里结束。小狐狸虽然经过这么多练习，结果还是没有看见女生小狐狸，而是回到朋友身边了。

中井给五岁的绢子讲这个故事的时候，随着一次又一次的翻页，她慢慢地把小狐狸坚持的心情传递给孩子，而她自己也被故事情节牵引，仿佛回到了小时候。小狐狸心情的转变引起了中井的共鸣。当故事讲到小狐狸没见到女生小狐狸而折回去的时候，那个画面触动了中井，她可以体会到小狐狸的心里是多么难过。所以念着念着，中井就哽咽起来。绢子也情不自禁地流下了眼泪。绢子爱看书，中井每天都会念图画书给她听。但是母女俩从来没有同时为一本书感动而一起落泪。七年过去了，现在中井的二女儿琴子也五岁了。

"对了，如果要我陪琴子这般大的孩子读一本书，《吊桥摇呀摇》就很不错。"中井这样想着。她再一次把这本书拿出来读，发现作者用美丽又精准的文字描述小狐狸的内心变化，传递着温柔与和善。

可是，中井又不免有些迟疑："不管是绢子还是琴子，她们都要

时听我朗读，才可以感受到小狐狸过桥的不安。

看图画书中的图画，光是听大人朗读，那么可能

险，也无法体会小狐狸的心情。”

的张力必须在朗读者的解说及图片的相辅相成下

她婉拒演讲之邀，也是理所当然的事。

**的梦想**

，问题就会解决。孩子年龄差不多的母亲，通过

围，同时交换信息。在这种互动下交往的朋友中，

妹，她们是平野知代子和宗佳代子。为使教室或

能清楚地看到图画，她们把图画书里的每一张图

全开纸拼成的大纸上，制作出像纸戏那样的大型

，她们亲自翻书。

到了喜欢弹钢琴的荒井泰子。荒井和她是小学同

后，因为孩子们就读同一所幼儿园而再度相逢。

画书辅助朗读，再加上音乐演奏，想必会有营造

听了中井提出的构想后，也表示很有兴趣。

把包括自己在内的四位义工妈妈组成的团体取名

的朗读会”。每人出资二千五百日元，合计一万

。撑起大型图画书的台座，在以八千九百日元购

得的晒衣台和利用废木材做成的画框搭配下，显得十分和谐。加上纸

张花销，一万日元就这么花光了。至于画具，则是平野知代子和宗佳代子平时使用的。

图画不只是放大和描摹图画书而已，要制作大型图画书还得费一番功夫。为了呈现深谷中的吊桥规模，这个大型图画书像左右对开的一扇门，让观众可以全景地看到整座吊桥。而且为了表现出小狐狸一步一步踩着吊桥上的木板前进的紧张，他们在小纸张上加了可自由装卸的胶带，把纸张贴在桥上，同时配合故事让纸张翻转，借着这些动作营造出小狐狸走过吊桥的真实感。

准备工作是在 1998 年的夏天开始的，正式开演则在 10 月。开演当天，会场聚集了幼儿园的孩子 40 人，以及两倍于园内儿童的 80 位母亲。

大型图画书《吊桥摇呀摇》的朗读就在荒井自创的钢琴独奏下揭开序幕。当时由于照明设备尚未齐备，所以仅借幼儿园平时的室内灯光演出。封面一揭开，中井的朗读便开始了。平野知代子和宗佳代子把图画向两侧拉开，此时湍急的河流上方、连接两侧险峻山腹的吊桥全景，就在观众的眼前展开。

当小狐狸听说吊桥对面的山中有野猪，还有女生小狐狸时，便对朋友说：“真想去看看吊桥那边的女生！”小熊说：“……那应该也会有小熊吧，而且是女生小熊！”小兔子说：“……应该也有小兔子喽！是男生小兔子！”小狐狸瞪大眼睛，挺起胸膛期待着。

钢琴弹起克劳德·德彪西（Claude Debussy）前奏曲集中的一首

《梦》。会场上，孩子们的表情变得平和。

随着情节的发展，当读到因为大雨而无法进行走过吊桥的练习时，钢琴手弹起了肖邦（Frédéric Chopin）《下雨曲》的激昂曲调，表现小狐狸的心情。小狐狸带了一朵红茶花来到吊桥的中间，向着从未现身的女生小狐狸喊了一声："我们一起玩吧！"因为没有回应，所以就把红茶花放在吊桥木板上折回来了。朗读到这里的时候，会场上无论大人还是小孩已经完全对小狐狸产生同理心，有些孩子甚至还为此叹息。

最后，表演到小狐狸说"希望有一天，我们能够一起玩！"然后离去的画面时，肖邦《别离》钢琴曲就此响起，不少会场上的女孩都已经成了泪人儿，那些在孩子背后的母亲们脸上，也露出了深受感动的神情。

这一切，中井看在眼里，这场公演让她确信"怀抱高远志向"是大家的共识。她同时决定，未来在幼儿园、学校、福利机构或医院等处举办公演的时候，将不收入场费，同时要把自由乐捐的募款作为活动及社会福利团体的赞助金，所以会在会场的入口放置一个募款的空瓶。令人惊讶的是，这场在幼儿园举办的首次公演，母亲们投入瓶中的乐捐金，竟然高达三万三千日元。

"这样似乎可以继续制作其他大型图画书办活动了。"中井想。

**和孩子共享的珍贵经验**

森山京创作的《吊桥摇呀摇》不是什么跌宕起伏的故事。小狐狸为了和吊桥另一边的女生小狐狸见面，打定主意走过这座摇摇晃晃的长吊桥。他虽然很害怕，但还是每天比前一天走更远一些。最后，他好不容易到了桥中间，却依然没办法和女生小狐狸见面，故事就这样结束了。

可是，好像能把人吸进去的深谷的可怕、摇晃吊桥的恐怖、无法和心仪对象见面的心情，却生动地传递出来。不久，中井贵惠在东京都的小学朗读了这个故事，收到了一些二年级学生写下的感言。

“随着音乐，我清楚地知道了小狐狸的心情，感动得差一点儿哭出来。”

“我想那个让小狐狸朝思暮想，并且把花留在吊桥上的女生小狐狸，或许会拾起花，插在花瓶里。这个故事的后续发展，令人期待。如果有一天可以看到女生小狐狸，该有多好。”

“小狐狸虽然没有看到女生小狐狸，可是我想，能走到吊桥正中央的小狐狸，他的心情是十分高兴的。如果可以看到女生小狐狸，我也想和他一起过桥去……”

这些感想所传递出来的信息是：小狐狸一步一步地过桥、把一朵茶花放在吊桥上的心情，以及对女生小狐狸的思念等，构成了一出令人悸动的戏剧，孩子们被小狐狸的世界吸引，更是对小狐狸的心情感同身受。

或许由于中井很好地把握了小狐狸、小熊的各种情绪，加上她的朗读技巧、大型图画书的视觉冲击，以及钢琴演奏的氛围渲染，创造出了任凭孩子们驰骋想象力的广大空间。这种效果恐怕不是孩子们自己阅读能够获得的。

渐渐地，日本各地的幼儿园、托儿所、小学和医院等陆续邀请这个妈妈团体前去公演。饶富趣味的是，随着公演次数的增加，每一位成员都有新的感觉和发现，并且对工作的价值和生命的意义有了更深层的认识。中井曾经表示：

“一个故事读了这么多遍，就连身为女演员的我也从未经历过。每次公演的场地、欣赏公演的听众也都不一样。每次都有若干发现和奇遇，每次和孩子们在一起都有类似的体会，很珍贵。

“在拍电视剧的时候，我感觉台词记了就忘，没有一句留在脑海里。可是森山行文没有赘字冗词，而且语言优美，虽然读过两百遍以上，可是每一次拜读或聆听，心灵都可以得到抚慰。

“其他的成员也有相同的感觉。大家一致认为，自己的孩子在幼儿园或小学时，就开始接触大型图画书，实在太好了。绘制大型图画书的平野知代子和宗佳代子姐妹的孩子也来帮忙，最棒的是，正式公演前一天，还在家里彩排。她们要自己的孩子当听众，借以真实了解孩子比较喜欢哪个场面，被哪个场面吸引或感动。彩排的结果往往贴近正式演出的情形。”

“朗读”或“讲书”往往因为讲、读的人不同，而有各种不同的表现形式。朗读人和讲书人的动作表情与说话技巧往往能在听者心里产生长久的回响。为此，中井的演出团队表示：“我们这种大型图画书的朗读，或许并不承袭一般朗读和讲书的形式。我们的目标是把图画书和故事中的美好传递到孩子的心里。我们有自己的风格，而且会一直积极地做下去。”

### 完全属于自己的黄色小水桶

《吊桥摇呀摇》的公演步入正轨之后，中井等人又物色新作品，以能够进行公演为目标。

她们选择的第二个作品，同样是森山京著、土田义晴绘的《终于见到她》(『あのこにあえた』)。《吊桥摇呀摇》是以小狐狸最后没有见到女生小狐狸作为故事的结局，可是当孩子们听过图画书的朗读后，还是希望小狐狸可以见到女生小狐狸。据说，森山京就是因为《吊桥摇呀摇》出版后了解到许多读者有这样的期待，在两年后写下了《终于见到她》。

至于她们选择的第三个作品，还是森山京和土田义晴共同完成的“小狐狸”系列中的书——《黄色小水桶》(『きいろいばけつ』)。不知道是谁在独木桥边放了一个黄色小水桶。小狐狸想要这个黄色小水桶，他想用这个水桶装他钓到的鲫鱼和泥鳅，或是装苹果送到小熊家，还想用它装水来浇树。一星期过去，没有人拿走这个黄色小水桶，所以小狐狸以为这个黄色小水桶就是自己的了。可是没想到，黄色小水桶不见了。

虽然只有一星期，可是小狐狸感觉自己和这个黄色小水桶相处了

《终于见到她》

〔日〕森山京 / 著
〔日〕土田义晴 / 绘
陈珊珊 / 译
贵州人民出版社 / 蒲公英童书馆出品
2013 年 4 月版

好久。

这段时间，小狐狸认为，这个黄色小水桶不是别人的，一直都是自己的。“没关系的！真的没关系！”小狐狸再一次对小熊和小兔子这么说，脸上还浮现出笑容。

我也认为这是个相当美的故事。

诗人中原中也曾在《月夜海滨》中歌咏：

月夜傍晚，一颗纽扣
遗落在海岸边
拾起它，并非认为
会有什么用场
是不忍心将它丢弃
我将它放进袖袋里

正如诗中所言，每个人都有一颗珍贵而美丽的玻璃珠，妥善地被保存在心里。贝壳、沙包或纽扣，都曾经是孩子们喜欢收藏的东西。长大以后，某些童年的爱好和具有纪念意义的物品，往往和人们长大

《黄色小水桶》

〔日〕森山京 / 著
〔日〕土田义晴 / 绘
陈珊珊 / 译
贵州人民出版社 / 蒲公英童书馆出品
2013 年 4 月版

以后的工作或研究产生某些连接。这种东西丰富并支持着我们的心，让我们觉得活得有意义。可是最美丽的，终究还是那颗不受金钱或世俗评价左右的童年的玻璃珠。

对小狐狸来说，黄色小水桶就是童年的那颗玻璃珠。作者森山京在后记中写道：“有些对大人来说微不足道的事，对孩子来说，却关乎宇宙；有些东西，就算是姿态、形体再相似，都不足以取代原来的那个最爱。”

即使黄色小水桶没了，小狐狸还是说：“没关系的！真的没关系！”想想这是多么有心胸的孩子啊。

为了以大型图画书的形式来呈现《黄色小水桶》，并通过朗读及音乐伴奏将小狐狸清纯的心表现出来，中井有了新的想法。她决定在演奏中加入古筝和箫。古筝由小野美穗子负责，箫由三冢幸彦演奏，两人都是中井的朋友。所有的曲子都是小野美穗子读过图画书以后即兴创作的。

公演一开始，古筝和箫的乐音便传播开来。舞台上的古筝看起来

《黄色小水桶》内页

有些像竖琴。箫则是三家利用塑胶水管自己创作出来的有趣的乐器。虽说是箫，但比较接近长笛的声音。不管怎样，这种日式的音色十分适合表现小孩子纯真而丰富的感性思维和内心世界。侧耳倾听的孩子们，虽然平时没怎么接触这类乐器，却被它们独特的音色深深打动。

**仿佛从画中听到大提琴悠扬的琴声**

中井贵惠曾为《吊桥摇呀摇》等书举办图画书阅读活动。她在自家附近的车站书店里看到《1000把大提琴的合奏》时，正是2001年的夏天。那时，小学三年级学生的暑假作业用书跟这本图画书放在一起，摆在很显眼的地方。

《大提琴手高修》

〔日〕宫泽贤治 / 著
〔日〕赤羽末吉 / 绘
周龙梅、彭懿 / 译
广西师范大学出版社 / 魔法象童书馆出品
2018 年 8 月版

中井贵惠本来就喜欢大提琴的纯美音色，加上正上小学二年级的二女儿琴子即将开始学琴，所以她希望选一本故事中出现大提琴的图画书来奉献给读者。宫泽贤治的《大提琴手高修》(『セロ弾きのゴーシュ』) 是一部很棒的作品，但是对小学低年级学生和幼儿园的孩子来说可能有点儿难度。

在《1000 把大提琴的合奏》的封面上，一位少年在演奏大提琴，背景是用水彩描绘的枝叶随风飘动和白鸟飞舞空中的清新画面。

轻轻打开这本书，就会看到来往于大提琴教室的男孩和新来的女孩，他们是那么讨人喜欢。仿佛透过画面就能听到大提琴悠扬的琴声。“水彩画真是漂亮啊！”中井一边欣赏，一边继续读文字。“文字也很精彩！”中井又被文字吸引，情不自禁想要朗读出来。

“不仅能吸引孩子，还能触动大人，这才是我想选的图画书啊！”

中井买下了这本图画书，在反复阅读后，她向大型图画书作家平野知代子、宗佳代子姐妹和钢琴师荒井泰子提议，下次要选用这本。大家一致赞成。

《大提琴手高修》内页

“好想融入大提琴的演奏中啊！”中井说道。

听中井这样说，钢琴师荒井也立刻兴致勃勃地说：“那将会是一场精彩绝伦的公演！”

他们很快邀请到了能在公演上演奏大提琴的人吉滨绫伽。当琴子向大提琴演奏家吉滨绫伽请求帮助时，他立即很高兴地回复说：“让我来吧！”

吉滨毕业于东京艺术大学，是日本海顿乐团首席大提琴手，也是一位专业演奏家。中井希望大提琴舒缓的演奏能配合《1000 把大提琴的合奏》的朗读，共同演绎这本图画书，让观众身临其境。有幸请到技艺深厚的专业大提琴手，中井的心情格外激动。

负责绘画的平野知代子和宗佳代子花了许多时间研究如何在大型

图画书上忠实地再现伊势英子水彩画的柔和笔触，让每一页都有微风拂面般的触感。他们讨论的结果是，不在画纸上画，而在布上绘画。虽然使用布的话很难在上面粘贴、移动另外准备的小幅的画，但布料很适合这种柔和的画风，而且翻页的时候没有声音，能呈现出一种随风摇曳的感觉，与作品的主题恰好吻合。

2001 年秋天快结束的时候，吉滨的一个在横滨的朋友发来邀请，请中井等人准备一个名为“让大人和孩子都能享受阅读图画书的快乐”的系列活动，从次年四月开始。中井等人毕竟是第一次办大型的讲演图画书活动，心里非常忐忑，担心活动不能顺利进行。最后她们考虑到《1000 把大提琴的合奏》的第一次公演正好适合这个系列活动，于是就接受了吉滨的朋友的邀请。

这本图画书的图画包括封面在内总共有二十八幅。其中五幅是跨页。平野等人必须把这些画放大临摹在很大的画布上，所以过完新年就忙碌起来。音乐插曲有一部分是吉滨自己作的曲。吉滨以前的代表曲目大部分是根据钢琴家荒井泰子的曲子改编而成的。这次改编为大提琴曲目，十分偶然，与公演所要求的感觉非常符合。

随着 4 月 7 日演出的临近，中井等人在东京田园调布区的一个路德教会里像正式演出那样进行了排练。从零零散散的练习开始，他们越来越觉得这是一本很好的图画书，朗读、大提琴演奏、钢琴伴奏、大型图画书的展示、灯光等都由专人负责，在全部工作人员到位后，那种紧迫感跟之前完全不同。故事内容和绘画被放大，以立体的方式展现出来，当大提琴饱含深情的旋律响起时，负责朗读的中井女士心里满满的感动无法言喻。她止不住地流眼泪。

**一千种声音汇成一曲，直击人心**

排练结束后，大家讨论决定对音乐和灯光等若干细节进行修改。在正式演出的前一天，他们又在横滨会场的大厅里进行了一次排练。

随着故事情节的发展，成为好朋友的男孩和女孩为了参加“千人大提琴演奏会”，支援像神户这样的地震受灾区重建，走进了练习会场。在那里，他们遇见了一位慈祥的老爷爷。

在练习结束回家的路上，男孩和女孩接受了老爷爷的邀请，一起去公园练琴。在公园里，老爷爷告诉他们，在这次地震中，他失去了家人和朋友，所以他决定拿着朋友留给他的大提琴参加支援灾后重建的演奏会。

女孩说其实她也因在地震中失去家园而搬到这里。

“大家都住在学校体育馆或帐篷里。虽说大家并不觉得宠物有多麻烦，但还是有人一边哭一边和猫、狗告别。而我把我的小鸟们都放飞了。”

从会场附近赶来的大江先生是国际活动策划人，他刚刚从神户辞职过来。回忆起自己在神户的经历，特别是自己目睹的一切，他便无法自已，眼泪擦了又擦还是止不住地流下来。

大江先生来到横滨非常惊讶地发现这里的人们几乎已经忘记了阪

神大地震。即使这样，人们也可以彼此理解，相互支持，在《1000把大提琴的合奏》公演中共同演奏大提琴。能够参加这样的大型图画书讲演活动，他非常感动。

4月7日的演出终于开始了。并不大的礼堂里挤满了孩子、大人，总共有一百八十人，就像前面写的那样，很多人都没有座位。

《1000把大提琴的合奏》中真正的高潮是一千位演奏者聚集在神户音乐会的场景。男孩、女孩还有老爷爷都赶来参加了。

指挥棒举起，会场便安静下来，一千把大提琴一齐奏响。高昂的声音，低沉的声音，如在耳边的声音，轻快、低缓、温柔、有力，时而轻灵，时而厚重，所有人全身心投入，侧耳倾听。一千个人一起演奏，一千把大提琴，琴声回环往复，既如波浪，又如微风。

图画书中女孩身边有鸟儿在飞翔，那是她在聆听鸟儿的歌唱吧。“我”此时的心情就像拥抱着一只看不见的小狗，莫名地温暖。老爷爷静静地微笑着，眯着眼睛遥望远处的晚霞。

一千把大提琴，诉说着一千个故事。这一千个故事合为一曲，直击人心。

吉滨温暖的琴声使故事的终曲愈发热烈起来，会场里的男孩、女孩脸上都洋溢着满足的笑容，给所有演出者送上了热烈的掌声。

自此，中井等人的特色节目从《我永远爱你》(*I'll Always Love You*)到伊东宽的作品《没关系 没关系》，能够读给别人听的作品从2003年的一部增加到现在的十部。他们开始不断收到公演邀请。

《没关系 没关系》这本图画书是中井等人在立川市一个幼儿园演出时，一位妈妈送给他们的礼物。中井等人在回去的电车上便翻开阅读，觉得很不错，就给自己的工作人员寄了十本，大家看完之后便把这本书改编成了她们的特色节目。

截至 2002 年底，中井等人在幼儿园、小学、福利机构、医院等地，举办大型图画书朗读公演的次数，总计 410 次。导盲犬协会、日本残障者艺术文化协会、夏目雅子向日葵基金会、德国“国际和平村”、黑柳彻子小豆豆基金，以及灾区 NGO 协力中心等，都是中井等人募款捐赠的对象。特别是在 2003 年 1 月 17 日，日本阪神大地震八周年纪念日那天，这个妈妈团体捐出高达五十万日元的募款给灾区 NGO 协力中心。

# 图画书展开的新世界

# 星野道夫：照片和语言共振

## 孕育自阿拉斯加的语言

在此，我想换个角度，谈谈在图画书表现形式上，展现了新可能性的几部作品。近年来，这样的图画书也陆续问世了。

首先我想提的是已故摄影师星野道夫的两部作品——《到森林去》(『森へ』)和《熊啊》(『クマよ』)。

住在阿拉斯加森林的星野道夫，是一位长年拍摄大自然和动物的摄影师。他也曾写过若干摄影纪行的散文，出版过不少书。通过瞬间捕捉到的照片，星野记录未被人类文明侵袭的壮丽大自然，记录栖息其间的熊、驯鹿、鲸鱼和其他各种小动物的可爱与悲壮的生命历程。除此之外，他还不断通过文章表达自己对其中深意的思索。照片与文字相乘，他的作品还能更深地触动人心，完整地展现出星野对现代文明的批判，以及对生存本质的拷问。

把这样深邃的思想以美丽结晶般的形式表现出来的作品，就是图画书《到森林去》和《熊啊》。

图画书《熊啊》尤其令我感动。它是福音馆书店于 1993 年 3 月出版的《许多的不可思议》月刊图画书，后来被选入《许多的不可思议精选集》，以精装本再次出版。

我深受《熊啊》封面上的灰熊母子吸引，马上买了一本。翻阅内容，感觉这本以灰熊母子为主角的书张力很强。除了照片本身带来的冲击，星野还会在每张照片上写下寓意深远的哲理短句。我不禁赞叹：“了不起！”这本书我翻阅了一遍又一遍。

接着是《到森林去》。“冰河后退，森林形成，连鲸鱼也在附近的海岸游动。我想描写这么长、这么长的时间长河。”这是星野曾经的构想。只是《到森林去》的最后一个场景取自很久以前留有原住民祭祀痕迹的腐朽图腾柱所在的岛屿，所以经过两年左右的策划才完成。星野感觉“时间流动”的悠远远超越了人类历史的长河，就连恐龙生存的地质时代，也能在阿拉斯加的大地真实地感觉到。为了表现大自然悠远的“时间流动”，星野以原生林中已经腐朽的图腾柱象征渺小的人类历史。

**摄影图画书的可能性**

造访岛屿的时候，星野曾目睹令人感动的情景。在巨木丛生的森林一角，颓倒的图腾柱群里有一只刚出生的红鹿蹲在那里。配合这张照片，星野这么写道：

我远远地凝视。母鹿走出了森林，在图腾柱间漫步，悠闲地吃草。这是没有人类的大自然的风景。不知道哪一天，大地上长出了新树，图腾柱也会在森林中消失。

对于“时间流动”，他的洞察力多么敏锐啊！

《熊啊》中的照片是在星野道夫事务所直子女士的协助下，从数量庞大的照片中挑选出来的。初选的照片被带到做版式设计的中野正贵的住处进一步筛选。自从担任《到森林去》的设计以来，中野就相当崇拜星野。就这样，直子、中野等人参考星野留下的便笺，仔细推敲星野到底想通过文字传递出什么样的讯息。

《熊啊》的第一句话是：

好想再见你。

与这句话搭配的是一整个跨页的灰熊正面特写，看着照片仿佛可以感觉到灰熊身上丰润毛皮的触感。

下一页的文字是：

遥远的孩提时光，

你在故事里。

某一次，

我有了不可思议的体验，

在城市里，

突然感觉到你的存在……

只有这一页不仅刊载星野拍的照片，还有星野的夫人直子拍下的他们家（千叶县市川市）周边的照片，以及直子在开往东京的电车上透过车窗拍下的风景照，共十三张。十三张照片之所以贴附在阿拉斯加的大雪原上，目的是为了表现少年时期的星野对阿拉斯加的憧憬，以及都市和极北之地同样在地球上经历着相同的时间。

再翻下去只看到全开的一张雪原照片。而在用美术拼贴隐藏起来的部分，出现一只母熊和紧跟在母熊后面的三只小熊，朝着河边走去。

对广袤的雪原来说，母熊和小熊就像罂粟的种子一样小。壮丽的景观令人叹为观止。照片的一角还有这么两行文字：

我发现，

我们走过的是相同的时间之河。

深刻的语言和极具张力的照片共振，串联整个作品。继续往下看，星野的结论登场了。

我也这样驰骋在草原上，

想碰触你的躯体，

却无法亲近。

就像星星一样，

隔着遥远的距离。

这一页上有一只蹲在草原上的母熊，背上骑着一只可爱的小熊，是一张近距离捕捉到的照片。

通过语言和照片的共振，星野把他在阿拉斯加捕捉到的时空感、人与大自然之间无法跨越的距离感，以及他对这块土地无尽的爱，如此鲜明而强烈地表现出来，直叫人惊叹。

对星野的夫人直子来说，挑选照片的过程就是去体验星野曾经有过的日子。那张开头写着“好想再见你”的灰熊照片，或是“一望无际的原野，只有你孤单一人，但风景如此丰富”的文字以及向广袤雪原走去的母子熊的背影，就直接传达了星野对大地上的生命的关怀，当直子挑这两张的时候，心中颇为震动。

《到森林去》和《熊啊》是以小学生为对象策划出版的图画书。孩子有孩子的感动，至于大人，在阅读文字和欣赏照片时，相信也一定会被感动，重新思考自己的人生观和世界观。

## 书法是我心飞扬的痕迹

### 干千惠的来信

接下来我要介绍的例子是一本以书法为主题的图画书。作者在书法中加入生命的活力，使书法具有与图画相同的震撼力。

我从京都搭新干线，转乘到JR琵琶湖线。当时（2003年4月中旬）我要去的是琵琶湖东岸，近江平原的能登川市。

月刊《儿童之友》的编辑作田真知子告诉我能登川图书馆正在举办干千惠的“《月人石》书法展”。当我看到福音馆把他的书法改编成图画书《月人石》(『月人石』) 的时候，我的内心受到强烈的冲击。

挥动着如椽巨笔，在洁白的纸上挥毫而成的书法，不管是“月”“人”，还是“石”字，都不仅仅是以遒劲的力道写下来，每个字里还蕴藏着跃动的心情，一下子就传到了观者心中。看着看着，我便沉醉了。有的文字令人悲凄、有的令人惊叹，我们的心情随着这些字波动不已，然而，每个字的笔法又是那么自然。这是我从未见过的书法。

我还是头一遭看图画书有这种感觉。

不久，到了樱花季节过去的四月半，我因为募款活动以及一场和癌症患者交心的面谈会，出差两天，并且外宿一晚。募款是为了支援重建神户地震灾区的活动。当时我想，如果可以早一点儿结束第二天的行程，用完午餐以后，我就可以在回去的路上顺道去一趟能登川市。

说来也很巧，就在出发前两天，我收到了干千惠的信。看着信封上“干千惠”的名字，我一时还想不通是谁寄来的。读了以后，我才明白，原来他是听别人转述我在广播节目里谈及我受到一月号《儿童之友》的《月人石》感动，所以才写信给我。他在信中还发出邀请：“敬邀参观‘《月人石》书法展’……奇妙的想法催促着我，使我做了决定……人、时、地的联结，真的常常不可思议……”

那时候，收到这样一封信，让我也有“人、时、地的联结，真的常常不可思议”的感觉。所幸神户的事提早结束，于是我从神户拨电话给能登川市图书馆，馆长接到了我的电话，他竭诚欢迎我去参观。

我在新神户站上了“希望号”，又在京都车站转搭琵琶湖线的快速电车。下课的高中生挤满了车厢。沿线迟开的樱花正在凋谢。电车走了大约三十分钟，车上的空位越来越多了，电车也抵达了能登川站。

我搭出租车到图书馆，馆长才津原前来迎接。

“待会儿，干千惠也会来。”

听到馆长这么说，我着时吓了一跳。

“咦，今天是他来会场的日子吗？”

“不是，但他一定要见您一面。虽然今天下午在京都有事，可是办完了事，他就要搭电车到这里。”

我很高兴，馆长又说：“既然千惠会来，趁他还没到，请您先慢慢欣赏。”

说完，才津原馆长就带着我参观起了图书馆。

**馆藏童书丰富的能登川市图书馆**

能登川市是一座人口只有二万三千人左右的城市。不过，和博物馆合并的图书馆的馆藏数量相当可观。图书馆建立只有五年多，是一栋占地广大的一楼建筑。木质书架上的藏书大约有十四万册。明朗而宽敞的馆内设计让人没有压迫感。架上书籍依不同主题排列，以方便市民查阅。这样的图书管理让我感到馆员们的用心，以及对书的热爱。

尤其令我惊讶的是，这里的童书区非常宽敞，而且有二万五千本藏书。馆员们还把经典图画书陈列出来，好让市民看到这些图画书的封面。另外，馆里还有一间小房间，读者可在这里朗读，或者进行纸剧场表演。这座建立不久的图书馆竟然拥有这么多图画书，着实令我感动。

听了馆长的解说，我才知道滋贺县十分重视图书馆的建设，无论是对城市，还是乡镇，充实图书馆馆藏的态度，都一样不遗余力。当初能登川市出于鼓励孩子们读书，同时丰富市民心灵的期望，曾经向县立图书馆馆长求助，请他帮忙寻找能够共同参与新图书馆建立，符合时代需要的人来担任馆长。他们甚至采取崭新的委任制度——对图书馆馆员（当初只有六位）的遴选，由新馆长主持，并通过公开招聘的方式来选拔。反观日本国内其他图书馆，这种做法是少见的，因为其他图书馆的馆长，多半是长时间处理校务并且龄届退休的荣誉职位。至于图书馆馆员，多半也只是承担整理藏书等工作而已。然而，能登川市却能够活用馆长和馆员，积极打造能为市民带来欢乐的图书馆。馆内还安排了饶富趣味的展览、图画书原画展，以及各种演讲等。童书区的图画书藏书也很充实，由一位熟悉童书的女馆员负责，让来馆市民可以自由取阅。

这个与市民生活息息相关的场所，还辟有多用途艺术画廊，可以举办画展或插花展等。干千惠的书法展就是在图书馆的策划下，在馆内的画廊展出的。欣赏他的书法已经让人愉快，而能够亲眼看到可以提供展览场地、馆藏又如此丰富的能登川市图书馆，则是我意想不到的收获。我真的认为，在大人和小孩渐渐与书本疏离的现在，为了不让日本文化和语言衰退，这个人口大约两万的自治体，也能有这番作为，实在是日本未来的希望。

书法展以图画书《月人石》的书法为展览重心，另外还展示其他各类书法。图画书《月人石》是由摄影师川岛敏生拍摄符合书中文字的风景照，以及诗人谷川俊太郎领略日本文字精髓所写的美句所构成，表现了干千惠擅长而且喜欢写的十三个汉字——扉、猫、风、音、马、影、水、石、火、山、蚁、月、人——的书法。

## 书法、照片和文字的合奏

生活在阿拉斯加的摄影师星野道夫的摄影图画书《熊啊》中，有给人强烈冲击的照片，加上星野凝视大自然与本真生命后写下的文字，使照片和文字深层次结合，提升了图画书表现的深度。

反观图画书《月人石》，它无疑是由表现方式迥异的书法家、摄影师和诗人三人，汇整彼此脑海中的想法后，所创造出来的多元的作品空间。

例如，“山”这个字。

干千惠“山”的书法，给人一种沉稳而安定的感觉，充满力量。它不是严冬里险峻高耸的山，而是温暖的、可亲近的山。比起“父山”，更可把它比作一座“母山”。

包括富士山在内，川岛拍过许多山。他从自己的摄影作品中挑选出里山的照片。因为里山的外形就像碗盖，而且不高，浑圆稳定的山形轮廓因春霞散发出温柔的气息，是最适合表现“山”字书法的照片。而谷川这样写道：

留住悲伤，静静的山。

读了这句话，我颇能领略其中的意境，这是书法和照片、文字的美丽合奏。

图画书《月人石》的编排方式是一行文字搭配两页对开的图画，左页是书法，右页是照片，照片的一角则是谷川的文字。书法和照片各有领域，以接近图画书的形式，呈现在观者面前。站在相当于“原画”

的书法实物前，实物散发的力量远远超过在图画书中看到的画面。

在安静的画廊里，我把视线焦点放在里山这张照片上。定睛注视“山”字的书法，嘴里反复吟诵着谷川的诗句，我不禁流下泪来。故乡的一切和自己的少年时代仿佛苏醒过来，因为这个字实在酷似生我育我的关东北部的里山。

就在这个时候，我听到图书馆入口那儿传来了千千惠的声音。

**灵魂跃动的书**

千千惠的父亲用轮椅推着他，母亲文子跟在身旁，三个人出现在能登川市图书馆“《月人石》书法展”的会场入口。

文子女士向我们说明：“因为他的眼睛对光线敏感，所以要戴着太阳镜。”可是尽管千千惠戴着太阳镜，眼中愉悦的光辉仍然清晰可见。我心中充满感激之情，因为他们不顾时间已晚，深夜仍特地搭乘JR琵琶湖线电车来到这里。

我说：“我刚才仔细看了图画书《月人石》中的十三个书法字，以及其他的书法。每看一字，我就感动一次。书法里传递了作者的情绪、灵魂和精神，真了不起啊！”

听到我的话，千千惠露出了十分快乐的笑容。

“我喜欢参观图画书的原画展，千千惠的书法和原画一样，是运笔人的灵魂在跃动。”和千千惠一起走到图画书《月人石》特别撼动人心的书法作品前，我一边说出我的感想，一边问他写的时候注入了什么样的感情。

在“风”字的书法前，我说：“真的有风在吹。但不是强风，是温柔的风，是拂过脸庞的舒服的风。”

干千惠回应我：“‘风’是我最喜欢的文字之一。”

“我感觉你的心就像风一样。通过照片来表现这种清爽的感触，应该不容易吧。”

对于我的感想，干千惠微笑地点着头。

摄影师川岛敏生所拍的“风”的照片，是在春天和煦的阳光下，利用快镜头捕捉风吹过原野上茂密的杂草，以及高高的杂草迎风低垂摆动的画面。一眼看去，仿佛是一张风景照，却能表现干千惠书法的肌理。

诗人谷川俊太郎作文说：

风连接了昨天和今天。

据说，千惠最喜欢写的是“风”“月”“马”“石”等字。后来我们走到“石”字前。这个字是使用如椽巨笔蘸润着薄墨，以稍微擦抹的动作来书写的。毛笔的触感似乎表现出石头表面的肌理。在几万年的时间长河里，它被水流拍打、在河底翻滚、经过风化，变成了表面光滑的石头。这样的悠悠岁月，在千惠“石”字的书法里表露无遗。

当然，选择与书法搭配的照片并不容易。川岛曾经拿各式各样的石头照片给千惠看，可是总不能令他满意。后来，千惠拿出自己非常珍惜的石头。那是他到北海道东部旅行，在面对鄂霍次克海的海岸上捡到的一颗石头。石头的形状就像扭曲的结。看起来应该是乳白色的石灰石，不过，中间却封存了许多黑色结晶物，模样十分有趣。石头表面圆滚滚的，很光滑。

千惠说："这颗石头让我感觉到地球的历史。"

听了他的话，我想："他的感受实在丰富啊。"

**隐藏在文字里的心灵**

干千惠生于1970年的大阪。因为罹患脑麻痹，所以从小行动不便。尽管如此，千惠的父母仍把他当作正常的孩子来养育。他们和相同遭遇的父母共同行动起来，打破以往的藩篱，使千惠顺利进入幼儿园和小学就读。千惠父母的教育态度，不是无理地要孩子用功读书，而是让他做自己喜欢的事，快乐就好。图画书也好，其他读物也罢，千惠的父母都和他一起乐在其中。他们一起在大自然中嬉戏。小学三年级的时候，有一次去父母熟识的书法老师家做客，千惠对书法产生了兴趣。千惠右手行动不便，就用左手拿笔。

1990年，在朋友的建议下，二十岁的千惠在东京的银座举办个展。就是这个机缘，让他的作品陆续在全国各地亮相。时任编辑的作田真知子认为他的书法可以编成图画书。据说，当她翻阅朋友赠予的干千惠书法散文书《与"风"同行的人，在"树"旁的人》的时候，曾经深受感动。

"千惠的书法不单单是文字，它栩栩如生、跃跃欲动。这种感觉也可以传递给孩子。孩子们一定会和千惠的书法做朋友。”

作田如是认为。后来她前往大阪府岛本町拜访千惠，说明策划的旨趣。因为千惠写过许多一字一作品的书法，所以经过几次讨论后，他们才从这么多的作品里面，挑选出十三个汉字。

针对图画书的构成和随图附上的文字，作田和谷川俊太郎商量。谷川提议：“最好也选择契合书法的照片。”所以他们决定向曾经拍过千惠和他的书法的川岛先生请教。就这样，干千惠、谷川、川岛、作田四人，经过多次讨论，终于为图画书的内容定了调。

谷川建议，不妨先把千惠的书法拿给孩子们看，看看他们有什么感觉。于是，他们来到某家幼儿园，作田把与书法等大的影印图拿给孩子们看。其中，某个孩子把“风”这个书法说成是“溜滑梯”。对于文字的形状和文字的某个特征，孩子们各有想象，同时还会说这个字代表什么。

“汉字本身，果然就是有意义的。”作田有了新的看法。

配合“人”字书法的照片，是否可以用刚出生的婴儿照片呢？对于这个提议,大家的看法不一。此时谷川又说:“还是‘写字的人’好。因为写这书法的心，就是‘人’字背后的身影。”

于是，川岛用镜头捕捉了“坐在那儿，左手拿着饱蘸墨汁的粗笔，低头看地上的纸，好像在写什么”的千惠的背影。

在汇整书法和照片的阶段，千惠、谷川、川岛、作田四人，加上一位设计师，在福音馆书店做最后的定稿。书法和照片成对地依序排放在大圆桌上。当确定文字编排的顺序后，谷川说：“请给我纸和铅笔。”

看着一字排开的书法和照片，谷川写下他的话。过了不久，他说：“完成了。”为每一个书法字写下的话，几乎是以即兴作诗的形式，快速完成的。大家惊讶于这样的速度，但谷川表示：“不是我快，而是这些书法我已经看了好几遍了。”

他在为“人”字搭配的照片上写道：

隐藏在文字里的心灵。

这个“人”字被安排在最后一页。

**不禁想到的字**

千惠的书法为什么生动，为什么可以从他的字里感受到灵魂的跃动呢？解答问题的关键就在他写下的散文《从哪里来……》中。当时这篇散文贴在会场入口的墙上。

某天，我照样拿着笔……不知道从哪里传来了一句话，飘入了我耳中，这是我从未有过的经验。

以往我写的字，都是心中所想或是凭着自己对“某物”的喜好，以其为形写下的字。而这次，我的脑海里忽然响起“さいわい”（发音为 sayiwayi）这个词，这个词一直在我的耳朵里、在我的心里，低吟着……

就这样，我的心情不由得快乐起来。“さいわい”如果形于字的话，应该是汉字的“幸”吧？

可是，因为是听到的词，所以我决定以平假名来表现“さいわい”。这个字给人一种柔软的感觉。

散文下方，还有作者千千惠的写真板，上面写着：

书法是我心飞扬的痕迹。

我和千惠的相遇十分偶然。对此，我多次表示感谢之意，而听我这么说的千惠的母亲文子也告诉我：“我们经常因为不可思议的偶然，遇见好多人。”她甚至还跟我说与那些人奇遇的故事。

作田表示，孩子们阅读《月人石》的方法也很有趣。她举了一个例子：某个孩子描“猫”这个字时小心翼翼，像在怜惜小猫，描“影”字时则是一副害怕的表情。某位母亲曾说：“这不是一本念给孩子听，而是‘和孩子一起读’的图画书。”嗯，这是不错的引导方式。

## 第一本大猩猩语的图画书

### 人和大猩猩的愉快生活

这次我想介绍一本特殊的图画书。

我对朋友说：“最近我在学大猩猩语。”

“咦，那是什么？”朋友露出惊讶的表情，看着我。

“真的，很有趣哟！”我说。

朋友不语。

我吸了口气，搞怪地发出“古科古科古科”的声音。

这是大猩猩快乐的笑声，就像人类发出“哇哈哈哇哈哈哈”的声音一样。母猩猩用温柔的眼神看着发出这种声音、正在玩耍的小猩猩们。突然，母猩猩好像打嗝一样，发出“古夫呜呜呜姆”的声音，这是温柔看护小猩猩的声音。

事实上，这些声音都是图画书《大猩猩与红帽子》(『ゴリラとあかいぼうし』) 中的主角所说的大猩猩语。作品的构想和故事的铺成，出自日本京都大学理学院研究所助教、人类学家山极寿一的点子。山极是在非洲刚果的丛林，针对大猩猩进行野外研究及保护活动的学者。他尝试和大猩猩对话。在研究猴子、黑猩猩和大猩猩的动物学家里头，有不少人十分有趣，山极就是其中之一。

“夫尼苦，叩叩叩，夫尼苦，叩叩叩——”

小猩猩频频地发出声音。据说“夫尼苦”是猩猩发现异物，或是听到不熟悉的声音时发出的声音。“叩叩叩”则是有点儿紧张，呼唤同伴注意的声音。图画书里不解释这样的大猩猩语，而是附图来说明。

小猩猩拿到一顶红帽子，把它戴在头上。其他的小猩猩也凑过来，玩着那顶帽子。事实上，那顶帽子是村里的男孩弄丢的。被父亲责骂的男孩后来和两个朋友一起去森林寻找帽子。就在这个时候，他们发现戴着红帽子的小猩猩就在树上，于是三个男孩就观察起了小猩猩。不一会儿，竟然来了几只大猩猩，把男孩围了起来。体型高大的大猩猩爸爸威慑着男孩，并且发出“巴呜啊啊啊”的声音。

大猩猩爸爸的意思是：“不妙了，快逃！”

小猩猩们这时候正吃着树上的果实。

“夫尼姆——夫尼姆——夫尼啊——”小猩猩们哼着歌，表示东西很好吃。

大猩猩爸爸催促小猩猩们离开：“啵啵啵——啵啵啵——”

男孩们远远看到小猩猩把红帽子挂在树上，离开了。他们终于可以把帽子拿回来了。

故事就是这样，书中的图是编辑向非政府组织 POPOF 的代表兼画家大卫·比西穆瓦（David Bisimwa）邀稿的。POPOF 是以大猩猩和人类共生为目标，在非洲刚果进行保护活动的非政府组织。由于想生动表现栖居非洲丛林的大猩猩和村中儿童们日常接触的情景，所以请熟悉大猩猩日常生活的在地画家来画。

比西穆瓦常年与大猩猩相处，对它们感情很深，观察也很细致，在他的画笔下，大猩猩的表情和肢体动作被描绘得栩栩如生。画面既写实，又让人觉得大猩猩的眼睛、嘴巴和表情都是那么逗趣可爱。至于大猩猩爸爸，则显得十分威严，甚至看起来有点儿吓人。不经意点缀的蝴蝶、蜥蜴和青虫等，更营造了热带丛林氛围。

刚果男孩们的身影、他们脸上的表情、他们正在吃饭的父母、坐在泥地上的姐姐和宝宝、桌上的食物、弃置地上和笼里的蔬菜与香蕉、密林前端朴素的聚落房舍，以及黑压压的地面和菜园等，都是比西穆瓦绘画的素材。当这些画与大猩猩和人类共居的情形重叠在一起的时候，图画书的张力便产生了。

**现代社会久违的气息**

说起大猩猩，以往多半见于动物图鉴。《大猩猩与红帽子》可以说是第一本不做单调描述的书，而是把大猩猩与人类孩子放在对等的位置上，通过图画书表现两者在日常生活中接触的千姿万态，并且把这样的情景传递给生活在文明社会的读者们，让他们感动。

信息全球化及互联网革命将世界联结起来，政治、经济、科学等尖端讯息或许如此，但一般人的生活、人生应有的姿态，以及人类心灵深处的悲与喜，都不会因此而成为数字化的信息。如果世界上没有能表现时间的温度和空间之广大的手段，那么感动人类心灵的东西就无法传递。图画书这种媒介，在这方面扮演了重要角色。然而以往日本多半引进外国的图画书，并以欧美各国的图画书占压倒性多数。

第三世界的人们过着什么样的生活，有着什么样的悲喜，他们建立了什么样的社会，拥有的价值观和人生观又是什么，日本的读者对此可能一无所知。事实上，日本孩子从图画书中看到的，多半是欧美各国的风土民情、生活方式与价值观，对于亚非地区的生活样貌可以说没有概念。这是目前的情况。

我想，为了导正日本人一味关注欧美文化的片面视野，以第三世界为背景制作图画书，或是翻译来自第三世界的图画书，将是今后努力的方向。图画书《大猩猩与红帽子》超越了大猩猩与人类共生的主题，对遥远的非洲丛林中的居民的日常生活做了最真实的描摹，值得肯定。

这样的图画书慢慢有人做了，值得注意。伏原纳知子著绘的《吉雅去市场》(『ジンガくんいちばへいく』) 也是读起来让人心情愉悦的图画书。

从事图画书制作及插画工作的伏原，和丈夫及两个孩子，一起住在紧邻刚果大猩猩与黑猩猩居住的森林。根据自己的生活经验，她画出《吉雅去市场》这本图画书。

据说，吉雅是伏原儿子朋友的名字。在开市的某一天，母亲吩咐吉雅把笼子里的鸡蛋送到在市场上开店的奶奶那里。这是吉雅第一次一个人去市场。前往市场的途中，吉雅看到了拿着各种农作物的人，也遇见许多牵着牛羊的人，大家身上穿的和手上拿的五颜六色。市场上，买卖的情形以及人们脸上的表情，在伏原细腻的笔触下，显得细致而深刻，即使只看某一个人也很有意思。吉雅见了奶奶，卖掉了带来的鸡蛋，又用卖鸡蛋的钱，买了牛肉。晚上回家后，妈妈就做了牛肉料理。

“我还想再去市场！”

故事到此结束，可是，市场上人们的衣服、手上拿的物品、买卖时的对话等，读几遍也不厌倦。我想，这是因为这本图画书中充满我们这个一味追求效率的社会久违了的气息吧。

# 多姿多彩的云

**在旭川遇见企鹅**

我把自己称为“追云少年”。自从中学对气象学产生兴趣，每天做记录云的观测日志以来，我每天都会抬头看着天空，和云朵说话。大约二十年前，不管在家还是出差，我总是带着相机，只要感觉“啊，好美哟”“有趣的形状”或是“好像小狗”的时候，我就会按下快门，立刻拍下来。我曾经想，将来我要做一本云的写真集，或是做一本有关云写真的图画书。

最近，市场上也有以云朵为题材的图画书，相当醒目，我一看到就会买下来。另外，有些图画书就算不以云为题材，但在图画中清楚地画出云朵，我看了也十分喜欢。

顺带一提，我看了阿部弘士的新作《狮子漫长的一天》(『ライオンのながいいちにち』)，我非常喜欢他的画。大家都知道，阿部虽然是一位画家，但他曾在旭川市旭山动物园工作多年，退休以后才开始专心作画。

旭山动物园是日本最北面的动物园。那里的冬天长，会下雪。气温降到零下 20 至零下 25 摄氏度，是常有的事。北极熊、海豹和西伯利亚虎等寒温带动物，这里通通都有。最棒的是，这里有好多我最喜欢的企鹅。

园里有王企鹅、绅士企鹅、洪堡企鹅，以及体型小而且竖起褐色毛的跳岩企鹅。据说这些企鹅几乎都是日本各地的动物园赠予的。因为在暖和地方的动物园，即使好不容易买到企鹅，也恐怕不容易喂养。拜此所赐，只要来到旭川，就可以一次看尽不同种类的企鹅。

企鹅馆设有用巨大玻璃帷幕包裹的水槽，企鹅们可以自由地潜入水里游动。参观者走进贯穿水槽、状如隧道的通道，水槽底部就在头的上方，所以走到这里仿佛自己就在水里潜水，欣赏着海底风光。多年前因为出差，我和朋友第一次来到旭山动物园的时候，阿部先生曾经特地迎接我们，为我们解说。走进隧道般的通道时，阿部就学企鹅走路的样子给我们看，模仿得惟妙惟肖，让走在他后面的人，心情都愉快起来。看着模仿企鹅走路的阿部和他脸上的笑容，我想："阿部先生打心眼里喜欢动物呢。"

企鹅纵身跳进水里，激起无数个小气泡，然后以惊人的速度向前游动。这个动作就像火箭升空时带起白烟往上冲，是多么美丽的风景啊。我原以为那些气泡是企鹅从嘴里吐出的气体，听了阿部的解说以后，才知道那是企鹅翅膀下方或羽毛中的空气在水中形成的。

### 大草原上的云

因为和阿部先生有过愉快的交往，所以我更能体会他画出的动物为什么有着温厚的灵性。即使在木村裕一所著"翡翠森林狼和羊"系列（『あらしのよるに』）中，阿部对动物的描绘线条简单却充满灵性，使故事达到《罗密欧与朱丽叶》《天鹅湖》等纯爱故事的境界。

不管怎么说，身为阿部画迷的我，看到内容和图画都是阿部自己创作的“狮子系列”第一部《狮子愉快的一天》(『ライオンのよいいちにち』) 的时候，我一下子就迷上了书中愉快而悠闲的狮子爸爸。在书里的非洲大草原上，狮子爸爸带着孩子们一面散步，一面歌咏着俳句。

至于第二部《狮子奇怪的一天》(『ライオンのへんないちにち』)，则是狮子爸爸自个儿去散步，遇见了和父母走失的小斑马。狮子爸爸不但没有攻击小斑马，反而像四处巡逻的警察一样提醒小斑马说：“危险哟，要小心。”天下起雨来了，狮子爸爸一边优哉地躲雨，一边歌咏着俳句。

《狮子漫长的一天》是第三部作品。母狮子忙着召开狩猎会议，狮子爸爸则带着小狮子散步，真是了不起的爸爸，他要教小狮子生存的方法。小狮子问：“爸爸,那是什么动物？”爸爸回答：“是野生的马，是狮子最可口的食物。”但狮子爸爸并没有打算要偷袭猎物，而是带着小狮子往隘口去了，带他们去看那里的大湖和火烈鸟的粉红大队。

作品中最精彩的部分就是，以跨页的画面，巧妙地描绘出非洲大草原上的各种动物。有近景的狮子一家、牛羚和火烈鸟的图画，也有远景里被画得小小的动物。岩合光昭在坦桑尼亚的塞伦盖蒂拍摄的照片很精彩，而阿部的画则以完全不同的手法，表现出乐园般的草原，看起来也很真实，或许这也是画家真实心情的反映吧！

事实上我认为，阿部的画之所以让人有浪漫而真实的感觉，得益于他对云的描绘——那是大草原上的云，是碧蓝天空中无数雪白的积云。非洲大草原上云的群聚和种种样貌，无一不被他的画笔捕捉。正是他画的云让我有“啊！这就是非洲的天空”的赞叹。书中每一页的云都像是不加矫饰的白色团块，但它们各有各的形状。不管是对花草树木还是对白云，阿部都像画动物一样，用心中的爱来作画。在那大幅的风景画里，有这么两行文字：

不错的季节。

狮子最喜欢这个时节。

我喜欢眺望云，喜欢观察云。因此我在看画或者阅读图画书的时候，会去注意云的画法。当然，云不一定是风景画的必要元素，而且把云画得太用力了，有时候对图画的美感来说，也是败笔。

我看过很多西洋的名画，却意外发现画家几乎都没有用心地画云，而且多半舍弃不画。图画书的情况也是一样。即使画了，云朵也只是单纯地被用作背景，多半是几笔带过。这样的表现对我这个“追云少年”来说，很不能尽兴。

可是，阿部画云的方法就不一样。他充分掌握了云的样貌。当然这并不表示，阿部会画得像工笔画那样准确。他的画虽然看似粗枝大叶，但确实描绘出了彼时彼刻的云。这样的笔调在突显狮子的日常生活时，更成为关键。

尽管多半画者对于云的描绘不用心，以云为主题且完美表现云的图画书也少之又少，但还是有一些佳作。

住在日本鸟取县米子市的画家野坂勇作创作的关于天气现象的各种图画书，虽然属于科学图画书，却不局限在狭隘的科学解说的领域。看了《积雨云》(『にゅうどうぐも』)、《冬之岚》(『ふゆのあらし』)、《霜柱》(『しもばしら』)里描绘云朵的方式,就会被书中的世界吸引，让人产生和看照片完全不一样的真实感。

我尤其喜欢图画书《积雨云》。在炎热的夏日，群峰相连的高山顶蹿起白色的云，最后发展成巨大的积雨云，甚至横向分散，变成砧状云。积雨云移到村子上空后，会一下子让四周变暗，并且带来猛烈的雷雨。野坂用影画手法把村中玩耍的孩子放在前景，赋予云变化的动感。要完美呈现云的样貌非常困难，但野坂认真地画出云的轮廓，同时用色注重明暗，完美地表现出积雨云磅礴的气势。

野坂和我一样，也喜欢拍云，所以有时候，当我拍了不错的云的照片时，我也会和他交换。

伊势英子的《云的展览会》(『雲のてんらん会』)把云的各种样貌与色调，在晨间至黄昏的时间轴里，以诗情表现出来，几乎可以说是一本画集般的美丽图画书。除了卷云、卷层云、卷积云、高积云等基本云形外，伊势英子还用水彩和蜡笔画出幻日（出现在卷层云中，靠近太阳的光晕）、彩云（发出七色光芒的云）以及“天使的梯子”（从云隙间透出的光束）等，并且在画上加注如诗般的短句。

对于黎明奇妙的天色，她以“天空的帘幕”为题：

失眠之夜的帘幕，悄悄地拉上。昨天何时变成了今天？

对于被染上淡淡七色的彩云图，她以“神的使者”为题：

那是什么？以彩虹的颜色镶上边的狗狗吗？

对于夕阳下梦幻般的玫瑰红画面，她以“明天的约定”为题：

从天上送来了玫瑰色的信。明天还会再见哟。

这样的短句与图画安静地呼应。虽然是写给孩子看的书，但大人将其置于案头，也有滋润心灵的作用。或许你会发现，自己正看着云朵底下心中的什么东西吧！

在《小国王十二月》中，国王一出生身体就是大的，有在社会上工作的能力。可是随着年龄的增长，身体渐渐变小，也不再需要工作，只要玩喜欢的游戏、悠闲地看云、享受可以恣意想象的世界就行了。这和人类的世界完全相反。而且国王说，为什么人类随着年龄的增长，小时候拥有的想象力就没了呢？书中有一幅身躯小小的国王在公园里望着云的插画。我十分喜欢这张画。我不想失去抬头看云朵的日子，那幅画让我看到了自己的内心。

## 通过翻译方知图画书的深度

### 广而深的图画书世界

最近，我在专心翻译图画书。长年撰写报道及评论的我，在距离七十还有两年的年纪，突然向图画书发起挑战，这或许会让人感到不可思议。

我不需要特别说明，只能说这是顺着我的主张“现在，大人也要读图画书”，自然而来的。

在图画书的世界中走得越远，就越发觉它的广和深。如今回想起来，在我七八年探索图画书的经验里（严格说来，我是在三十年前养育孩子的时候就开始接触图画书了），那些经常拿在手里的图画书新作，以及五年前甚至十年前就出版，但新近才发现的图画书，都让我惊喜、感动、心中安定。和处理图画书这种特殊文类的编辑见面，与对话报告文学家或处理一般文学书的编辑相当不同。和图画书编辑聊天，谈话本身就令人欣喜。当富有想象力、幽默、有个性、美丽而大胆的画，与人的生活方式、思维模式和情感等因素紧扣，并通过图画书呈现，那么玩味这些“卖点”，哪会不快乐呢?

和图画书编辑聊天，有时候会被问：“您不试着创作图画书吗？”“您不试着翻译国外的图画书吗？”我自己也想，或许哪一天可以尝试创作图画书看看，不过一切顺其自然。

根据调查，确实有些图画书是出自非专业创作图画书的小说家或诗人之手。我想，对我这个作家来讲，图画书创作也许不是一件难事，只待时机成熟，或许很快就可以完成一本图画书的基本架构。

想着想着，大约在一年前，讲谈社的编辑 S 先生拿了一本新引进的国外图画书给我看，并且问我：“想请您翻译，不知道您有什么看法？”当时感觉很奇怪，总觉得好像自己是在主考官面前面试一样。我心想，或许可以在创作图画书之前，把这次翻译当作是活络脑筋的

**《大卫之星》**

〔美〕鲁丝·范德齐 / 著
〔意〕罗伯特·英诺森提 / 绘
杨玲玲、彭懿 / 译
明天出版社
2011 年 3 月版

准备工作。我一面这么想着，一面慢慢地翻阅。

这部新作，以最近图画书市场普遍注意到的“生与死”或“死后生命”（即心或灵魂仍然存在的问题）为主题，但在故事的高潮部分，画面过于薄弱，缺乏说服力。于是我说：“没有翻译的动力。”就这样，我婉拒了这次合作邀约。

不久，S 先生又拿了美国作家的新作给我看，我才翻了一下，就说：“这本书看似朴实，但它的主题的确了不起，故事本身也很有张力。”这本名叫《大卫之星》（*Erika's Story*）的图画书，原书名是以纳粹德国时期幸存的犹太女性的名字命名的。

“纳粹德国对犹太人的大屠杀，听说是最近美国新世代文学著述的焦点。国外电影中也有《辛德勒的名单》（*Schindler's List*）和《钢琴家》（*The Pianist*）那样的创作。图画书《大卫之星》就是顺应这样的趋势创作出来的吧。而且书中不只揭发大屠杀的行为，同时也包含着关于生命的深层思考。请你务必让我翻译。”

我说完，便接下了这次的翻译工作。

**埃丽卡奇迹般的命运**

埃丽卡出生在第二次世界大战期间，是居住在德国的一对年轻犹太夫妇的孩子。可是刚出生两三个月，埃丽卡和父母就被纳粹军队赶出家园，送往设有毒气室的德国南部的集中营，那里是德军对犹太人进行大屠杀的地方。就在挤得动弹不得的货车即将到达集中营时，埃丽卡的母亲把装有铁丝的小气窗推开，把怀里的埃丽卡抛出车外。一旦进了集中营，就别想回来了。可是如果在车子行经农村的时候，从窗子把孩子抛出去，孩子或许可以掉在柔软的草地上，就算受伤了，只要能被村民捡到就有活下来的希望。埃丽卡的母亲就是在赌这一线希望。

图画书里这位母亲的行为让我感动。

母亲在赴死的道路上，把生命扔给了我。

要是平时，把婴儿从行驶中的车中抛出车外，是会以伤害罪或者

《大卫之星》内页

《大卫之星》内页

杀人罪被起诉的，这位母亲也会被认定是罪大恶极，遭到严厉的惩罚。可是在战时这种大屠杀的变态境况下，对母亲的这一行为却有完全不同的解读。就像山林大火时，抱着幼鸟远离大火的母鸟一样，埃丽卡母亲的行为有着至高无上的美。

现今日本，令人无法置信的现实情况是，父母虐童以及少男少女逞凶斗狠的伤害事件层出不穷地上演着。人之所以为人的“爱”，或是“尊重生命的心”已不知飘向何处。所以，埃丽卡母亲的行为对现代人是何等重要的启示。

埃丽卡掉在柔软的草地上，奇迹般地毫发无伤，被村民救起。在纳粹统治下的德国，偷偷抚养犹太人的孩子，有可能遭到逮捕或被处以重刑。可是村里的人对于有人收养埃丽卡的事严守秘密。

在埃丽卡的故事里，母亲的果断、埃丽卡掉在柔软的草地上、村民偷偷地抚养，一连串的事只能说是奇迹般的幸运。所以，我想在翻译这本图画书的书名时表现出这样的感觉。

原书名是 *Erika's Story*。将女主角名字作为书名，是女性小说惯用的手法，可是对日本的读者来说，这个书名却不能传递故事中的重大讯息。于是经过两个多月的思考，我决定把书名译作《埃丽卡：奇迹的生命》(『エリカ奇跡のいのち』，中文简体版译作《大卫之星》)。

当我写信向作者询问后，才知道埃丽卡确有其人。这个故事是作者在二战结束后五十年的 1995 年，于德国旅行时知晓的。这不也是一个奇迹?

这本书从德国兵把犹太人推上货车，货车行驶在铁路上开始，翔实记录了拥挤的车厢，掉落在草地上、包裹在粉红色包巾里的婴儿，这些毫不矫饰的画面静静地传递出故事的基调。

**心灵成长的瞬间**

自 2003 年和讲谈社的图画书编辑 S 先生合作以来，评论社的 T 先生也介绍了几本英文版图画书给我，希望我选择喜欢的来翻译。

**《森林》**

〔美〕克劳瑞 · A. 尼沃拉 / 著 · 绘
余丽琼 / 译
江苏少年儿童出版社 / 东方娃娃出品
2017 年 1 月版

其中，我最早翻译的是“Make a Wish 基金会”（总部在英国）出版的图画书《许个愿望吧》（*Make-A-Wish*）。“Make a Wish 基金会”一直在从事让各国重病儿童实现愿望的活动。

这本图画书收集了孩子们的三十个愿望，例如“在云上面玩”“骑在恐龙身上”“和圣诞老人见面”，等等，再由三十位英美画家分别为这些愿望作画。

后来我又翻译了图画书《森林》（*The Forest*）。这是美国女作家克劳瑞 · A. 尼沃拉（Claire A. Nivola）写的故事，书中的插画也由她创作。

书中的主角是一位老鼠少年。他非常害怕村子外的那片森林。白天也好，晚上也罢，只要想到森林，就害怕得不得了。有一天，老鼠少年决定突破那个胆小的自己。虽然他害怕得心跳加速，中途还有折回去的念头，可是他仍决心跑到森林里去。诡异的鸟叫声和云朵飘动的影子吓得老鼠少年昏倒了。可是当他睁开眼睛，却发现森林是一个低语着的美妙世界。最后他满足地踏上了归途。

读这本书的时候，我忆起自己的少年时代。我小学五年级时，曾经独自攀爬故乡的一座石头山。我鼓起勇气，决心登上那座令人心生畏惧的险峻山峰。最后，我登顶成功，那种成就感实在令人难忘。我完全可以体会老鼠少年一步步接近森林的感觉。我想，孩提时代要学会自立，这样的经验是必要的。

翻译《森林》，我为了尽可能贴近日本人的语言习惯，下了不少功夫。可是最后，令人伤脑筋的还是书名。不仅因为市面上已经有以《在森林》或《到森林去》命名的图画书，更因为这样的书名表达得并不充分。后来我译为《往那片森林去》(中文简体版译作《森林》)，是基于那不是一座普通的森林，而是象征着令人恐惧、应该去克服的事物，所以原书名才会在“Forest”前面加上定冠词“The”。翻译图画书让我越来越快乐，我还会继续努力。

# 大人更要将图画书
# 作为座右书

# 给大人的图画书第一拨

滋润心灵荒漠——给大人的图画书第一拨（24本）

**生与死、爱与悲**

《1000把大提琴的合奏》(『1000の風・1000のチェロ』)

《爷爷，不要忘了我哟》( *Een opa om nooit te vergeten* )

《无论何时都能相见》(『いつでも会える』)

《父亲和女儿》( *Vader en dochter* )

《翡翠森林狼和羊》(『あらしのよるに』)

《活了100万次的猫》(『100万回いきたねこ』)

《海之生》(『海のいのち』)

**生存的严峻——人际疏离**

《海龟与少年》(『ウミガメと少年』)

《夜鹰之星》(『よだかの星』)

《流浪狗之歌》( *Un jour, un chien* )

**重拾想象力**

《雾中的刺猬》（*Hedgehog in the Fog*）

《小尚的巴黎》（『パリの青い鳥』）

《寻找鸟巢》（『鳥の巣みつけた』）

《熊啊》（『クマよ』）

《听，鲸鱼在唱歌》（『くじらの歌ごえ』）

**心境的关照**

《爸爸的新女朋友》（*Totally Uncool*）

《黄色小水桶》（『きいろいばけつ』）[1]

《谢谢你》（『ありがとうともだち』）

《没关系 没关系》（『だいじょうぶだいじょうぶ』）

《小国王十二月》（*Der kleine König Dezember*）[2]

**指引人生方向**

《植树的男人》（*L'òme que plantava d'arbres*）

《教海鸥飞翔的猫》（*Historia de una gaviota y del gato que le enseñó a volar*）

《篮子月亮》（*Basket Moon*）

《油漆工》（『ペンキや』）

---

［1］《黄色小水桶》系列（含《黄色小水桶》《吊桥摇呀摇》《终于见到她》等）一般归为桥梁书，在本书中作者将其归为图画书。——编辑注

［2］《小国王十二月》一般归为插图故事书，在本书中作者将其归为图画书。——编辑注

# 一千七百张明信片

## “大人也要读图画书”计划

“大人也要读图画书”“一生要读三次图画书”，五年前，我提出这样的口号。自那时开始，我就以此为基础，时常写关于图画书的散文，或是针对图画书进行演讲。

“一生要读三次图画书”的意思是，一个人读图画书的机缘有三次，第一次是在自己小的时候，第二次是养育孩子的时候，第三次则是在进入人生后半段的时候。到第三次拿起图画书的时候，不再是为孩子，而是为自己阅读。当然，“一生要读三次图画书”是就一般人而言。有些人小时候家里穷，买不起图画书；有的人因为没结婚，所以也不会有“第二次”的机会。但最重要的，还是在于懂得：领悟人生，图画书不能离手。

2003 年 2 月，日本岛根县松江市的今井书店为纪念开店一百三十周年，策划了一场与读书有关的演讲会，请我担任主讲人。我在准备时心想：“我不常去远方，不妨借由这次机会，做一场有别于周年庆致辞的演讲。或许能针对图画书对大人的意义和松江市民交流。”所幸，获得当地推动“念图画书给孩子听”的团体的响应，于是，演讲就这么进行了。

出版经销公司——东贩的事务局局长佐川二亮，会后表示赞同我提出的“大人也要读图画书”，并且打算把这句话推广到全国。

佐川的行动很快。他促成自己任职的东贩与读卖新闻社和广告代理商博报堂合作，整合了“大人也要读图画书”计划。

具体来说，首先登场的是《读卖新闻》上的整版曝光，刊载了我和年轻女演员内山理名的对话《滋润心灵荒漠，大人也要读图画书》，以及书单《柳田邦男推荐给大人的24本图画书》。东贩还把它们做成海报，发放给响应活动的全国大约三百家书店。同时，“24本图画书”也成套包装贩售。

当各书店把“24本图画书”一字排开，店里的书展就这样开始了。此外，福冈、熊本、京都、冈山等四个城市，从6月到7月，都利用活动会场举办了为期三至五天的“童书展”，并且在会场中心安排“24本图画书”的展览区。根据东贩的调查，不论书展会场或书店，“24本图画书”的销售数字，都有大幅提升，显示了这项活动的成功。

**“座右图画书”是心灵的财富**

令我最高兴的是，《读卖新闻》刊载对谈记录后，收到大约一千七百张写着读者感言的明信片。一张张明信片热情地表露了大家阅读图画书的感受和在图画书中的发现。

在对谈中，我谈论的重点是：

成年后（特别是进入人生后半段的人）阅读图画书，可以对隐藏在作品中的深层话题——生活、生命、爱，产生极大的共鸣。

即便人到暮年，身体日渐衰弱，但在死亡到来前，心灵的世界依然在提升。

人不能失去“幻想”这种感性能力，要领悟深耕心灵的重要性。

每个月投资60元[1]买图画书，尤其是当你把喜欢的作品当成“座右图画书”时，它们就会变成你的心灵财富。

把图画书作为座右书，你的孩子也必将跟着改变。

读者对于我的这些论点表示认同。接着我想介绍部分读者的回响。

家庭主妇（六十岁）

过去总以为图画书是给孩子看的，可是你们的对谈让我感觉不是这样。就像《小国王十二月》中的国王所说的，随着年龄的增长，被忙碌生活追赶的我们，似乎忘了站在事物面前静静地思考，忘了驰骋想象力，让梦想起飞。尤其在这个时代，经济不景气、裁员等负面消息充斥，让人不知不觉会沉陷其中，变得萎靡不振。一个人的心胸如果不广阔，是无法体谅别人的。打开心房、培养感性的方法固然不少，但正是图画书让我重新认识了这样做的重要意义。“深耕心灵”说得真不错。我想赶快去书店看一看。

[1] 原文为2000日元，根据中国图画书市场的实际情况，做出一个月投资60元的估计值。——编辑注

男性上班族（五十二岁）

我喜欢书。每到书店，经常一小时内就能买四五本，但大部分是非文学的科学、自然类。在孩子长大后的二十年来，不再接触图画书这个领域，实在是损失啊。"座右图画书"这个讲法真好。拜读了对谈以后，我重新感觉到图画书的力量，所以我将继续寻找"座右图画书"。

家庭主妇（五十六岁）

结婚、生子、家事，忙碌的生活让我远离了书本。现在我五十六岁了，戴上老花眼镜，连读报纸都很费力。看了这次的对谈，我感觉今后不读图画书不行了，这不正是未来我需要的吗？我有目标了。

建筑业职员（五十八岁）

我一度失去了孩提时代纯粹的心灵和丰富的想象力。如今，我想再次以充满好奇的童心来观看事物。

两年前结束药房营业的太太（七十岁）

体会到深耕心灵的重要性，我每个月花60元买图画书，这让我非常开心。我想把这些图画书当作到七十七岁、八十八岁看了还能有所收获的财富。我要好好爱惜它们。

家庭主妇（三十二岁）

我有一个一岁零七个月大的女儿。最近注意到，我竟忘了为自己买图画书来看。去图书馆也好，到书店逛逛也好，每每总是顺应孩子的喜好，买她喜欢的书。对谈中的话惊醒了我。我想通过图画书唤醒曾经在我心里、孩提时代的感性，和女儿一起收获许多感动。

**图画书展开深远的世界**

不只各年龄层的女性，就是男性也表现出对图画书的极大兴趣，这让我更有信心：日本的未来还是有希望的。而且，当我拜读以下各种倾诉人生际遇和家庭问题的信件后，我真的认为，图画书在人辛苦的一生中，能发挥相当大的力量，它展开的世界也相当深远。

女性上班族（三十一岁）

对我来说，这是愉快的对谈。我本来对任何类型的书都敬而远之，你们的对谈却令我眼前一亮。目前我正接受心理治疗。两年前，我被职场的过劳和压力完全击溃。现在情况虽然好些，但还没有完全治愈，仍时常感到烦躁。如今，从寻找适合自己的图画书开始，我想我可以再往前进一步了。

女性上班族（三十六岁）

已经过去二十年了。让我从失去父亲的悲伤中走出来的就是图画书。当时，摆在书店架子上的苏珊·华莱所著《獾的礼物》仿佛在召唤我，让我立刻把它买回去。读了一遍又一遍，我感觉生者久久陷于悲恸，是逝去的亲人不愿看到的。不知道什么时候，我变得可以笑着谈论过去的种种回忆。现在我去书店，总是在童书区徘徊。

家庭主妇（五十岁）

我因病不断进出医院。我膝下无子，如今和先生一起来到了人生的转折点。今后我要通过图画书多多感受，让自己变得更温柔，更丰富。

女家政（二十四岁）

我曾经坚称图画书是“孩子的读物”，实在很丢脸。我打算马上翻出家里的图画书来阅读，并且邀长期照顾病人、身心俱疲的家人一起阅读图画书。我想，那一定会是我们过去没有过的珍贵时刻。

从以上信件中，我可以感受到，无论是对男性还是女性，对孩子还是大人，图画书都可以触动内心。所有人都可以自行赋予图画书新的含义。

## 生与死、爱与悲

**应时代所需的图画书**

“柳田邦男推荐给大人的图画书第一拨（24 本）”根据作品的主题和内容，分为五类。这样的分类或许有点儿粗糙，可能有损每本图画书的多样性。

再者，不同主题下圈选出来24本图画书主要是考虑到篇幅有限，其次是担心册数过多，反而模糊了焦点。事实上，我还有很多很多想要推荐的图画书。此外，我再次强调，对这些图画书的解读，完全出于我这个“大人”的观点，请不要对孩子们照本宣科。

接下来，我就来说明这五个分类的主题。

生与死、爱与悲

生存的严峻——人际疏离

重拾想象力

心境的关照

指引人生方向

首先要说的是，我如何阅读第一类“生与死、爱与悲”的图画书。

如《1000把大提琴的合奏》、《无论何时都能相见》、《爷爷，不要忘了我哟》(*Een opa om nooit te vergeten*)、《父亲和女儿》(*Vader en dochter*)、《海之生》(『海のいのち』)，每一本图画书都讨论了人生的严肃课题，比如接受失去所爱（人或宠物）的丧失体验，学会在失去后勇敢地活下去。不过，丧失体验的形式、接受丧失体验的方法以及失去所爱后的生存之道，都因人而异。

每个人一生当中，都有各种失去的体验。有时要面对所爱的家人或好友的死亡，有时要面对与自己如家人般朝夕相处的宠物的死亡，有时要面对失恋或者不顺利的求学。可是以往在图画书中，却倾向不

《我永远爱你》

〔美〕汉思·威尔罕 / 著·绘
赵映雪 / 译
明天出版社 / 信谊图画书出品
2010 年 7 月版

去谈论死别的悲苦，以及死别后的生存之道这样的沉重话题。

当然这类图画书并非没有。《苏和的白马》和《獾的礼物》就是通过民间故事、古老传说和动物寓言等来描述死别的悲苦，以及死者的心和灵魂继续活在生者心中。《獾的礼物》的主角獾并不怕死，因为“死，仅仅是意味着他离开了他的身体”，灵魂会继续存在。这样的生死观从书名就已显示出来了。

自 1995 年开始，不但借助动物或宠物故事阐述死别的图画书变多了，甚至还有更直接的，面对诸如爷爷奶奶的逝去、父母亲的离世、孩子的死亡或朋友离世的图画书。于是，我把通过动物或宠物来表现生死观和丧失体验的图画书称作 A 群，把讲述失去家人或朋友的图画书称作 B 群。

除了《无论何时都能相见》，还有讲述失去心爱的老犬，心里却仍然感觉到它的温暖的《我永远爱你》，以及记录爱犬的手札《葛雷的尾巴》，还有探究生与死尊严的《红狼》（*Der rote Wolf*），都属于 A 群的图画书。

至于B群的图画书则可以列出以下作品：失去爷爷虽然悲伤，但男孩回想过去的快乐时光而心灵愈合的《爷爷，不要忘了我哟》；两本由圣路加国际医院小儿科医师细谷亮太所写，关爱癌症病童，安抚有死别体验的孩子的《我的生命》(『ぼくのいのち』) 与《有哥哥真好》(『おにいちゃんがいてよかった』)；描写癌症少年与好友深厚友情的《雷儿之星》( *La estrella de Lea* )；用照片记录一位女性生病、去世的摄影图画书《再见了,艾玛奶奶》(『さよならエルマおばあさん』) 等。

这样的作品之所以相继出现，无非是应时代的需要。虽然想让孩子怀着梦想驰骋于快乐空间，可是现今这个时代，严酷、悲惨的事太多了(地震、水灾、意外事故、癌症等疾病)。因此如何看待严酷、悲惨的体验，如何在体验后继续生活下去，对大人和小孩来讲，都是重要的问题。

细谷医师的第二部作品《有哥哥真好》意在阐述孩子的死不仅对父母打击很大，对孩子的兄弟姐妹来说也是一次极为悲伤的丧失体验。失去孩子的父母往往会把注意力放在逝去的孩子身上，可是，与另一个孩子正面互动，用爱来填补他空落的心灵，疗愈他所经历的丧失体验是很重要的。父母如果不能像对逝去的孩子那样注意这个孩子，这个孩子将来可能不是误入歧途，就是心理不健康。我们已经到了创作这类图画书的时候了。

《父亲和女儿》

〔荷〕迈克尔·杜多克·德威特 / 编绘
施辉业、小转铃 / 译
海豚出版社
2013 年 1 月版

## 人生的悲苦和勇气

属于“生与死、爱与悲”的图画书中，极具个性，触及大人人生观与生死观的作品，也相继出版。

如何拉近阪神大地震的受难者（他们是有丧失体验的人）与不曾遭受地震之苦的人们的心理距离，如何以同理心去理解受害者遭遇的苦难，这都是像防止人们遗忘战争经验一样的话题。图画书《1000把大提琴的合奏》就称得上是涉猎这类话题的“个性化作品”。

下面我特别想讲讲《父亲和女儿》和《红狼》这两本图画书。《父亲和女儿》说的是一位少女总是站在岸边，等待船驶向地平线、却不见回航的父亲的故事。少女隐藏起失去的伤痛，经历了成长、恋爱、婚姻和衰老。少女最终成了老婆婆，她再次来到岸边，横在眼前的是埋在沙中的废船。当她倏忽起身时，竟变回了一位少女，而且和父亲再度相遇。当心中充满爱、安全、信任和温暖时，想要看见的人就会归来。作者用褐色来表现主角的内心世界，表现幼年时失去父亲的伤痛之深。对于少女这如梦的一生，我之所以有如此深的感触，是因为

《父亲和女儿》内页

我十岁的时候也经历了与父亲死别的伤痛。

《红狼》讲的是一只从马车上震落的红毛小狗的一生。母狼捡走它，把它当作狼来养育，红毛小狗变成了红狼。母狼教会了红狼如何面对暴风雨、饥饿与寒冷，最后教它怎样有尊严地死去。听完母狼的话，红狼把被捕兽夹夹到脚的母狼拖至“躺着所有狼父”的深谷。于是，母狼在被猎枪射杀前，纵身跳下深谷。

而被猎枪打中的红狼，后来被少女救起，和少女一起安稳地度过余生。当红狼感到自己就快死去的时候，它央求少女带它回到那个深谷，然后也纵身跳下所有狼的长眠之地。那一刻，红狼的脑海里，就像跑马灯一样，浮现种种情景：

我很高兴，回顾我漫长、美好、丰富的一生。

这是多么凄美的结语啊。

读这本书就像读了一部重量级的长篇小说，回味起来心中沉重。在艰辛的时代里求生和有尊严地死，都是人生的重要主题，《红狼》大胆地运用暗喻来表现这样的主题，是一部相当不错的作品。

## 生存的严峻——人际疏离

**以寓言故事描写人际疏离**

以“生存的严峻——人际疏离”为图画书创作的主题，恐怕直到近代才有。其中最具代表性的图画书有这三本：《海龟与少年》《夜鹰之星》《流浪狗之歌》。

人际疏离可以说是二十世纪文学的最大主题。弗兰兹·卡夫卡（Franz Kafka）是在1916年前后写下《变形记》(*Die Verwandlung*）一书的，而宫泽贤治完成《夜鹰之星》则是在1921年前后。

《变形记》中的主角在某日早上醒来，发现自己变成了一只甲虫，因而受到家人排斥。他用奇幻小说的方式来呈现人际疏离的残酷。相对地，宫泽贤治则是采用童话的表现方式。所谓童话的表现方式，是以动物为主角，在舒缓的气氛中表现主题。卡夫卡之所以让主角变成甲虫，也许是因为只有奇特的构思才能把我们看不到的人性黑暗面具体地表现出来。

**《夜鹰之星》**

〔日〕宫泽贤治 / 著
〔日〕中村道雄 / 绘
周龙梅、彭懿 / 译
广西师范大学出版社 / 魔法象童书馆出品
2018 年 8 月版

东西方两位先锋作家都发现了这个二十世纪人们所面临的严肃问题，并且以各自的手法表现出来，非常耐人寻味。

嘉贝丽·文生（Gabrielle Vincent）的《流浪狗之歌》是在 1982 年出版的，比《变形记》《夜鹰之星》晚六十多年问世。它同样也是以人际疏离为主题，只是形态不同。《变形记》《夜鹰之星》中的主角是因为相貌丑陋才成为被歧视、被排斥的对象。这当中或许隐喻受压抑

《夜鹰之星》内页

**《流浪狗之歌》**

〔比〕嘉贝丽 · 文生 / 著 · 绘

明天出版社

2017 年 12 月版

的少数族群或团体中受暴力挟制的弱者。在《流浪狗之歌》里，一只叫安居鲁的狗则是因为被主人从行驶中的车窗丢出，而成为被排斥的对象。起初还算有个主人，但中途被他抛弃。这只狗所隐喻的可能是得不到爱的小孩、受虐儿，或是因被排斥而走上歧途的少年。

### 嘉贝丽 · 文生与宫泽贤治

比较《夜鹰之星》和《流浪狗之歌》的故事内容，它们的结局明显不同。夜鹰不但在天地之间无容身之处，也没有支持自己的人，或可放心依靠的人。虽然有情同弟弟的翠鸟仰慕自己，但这无法改变夜

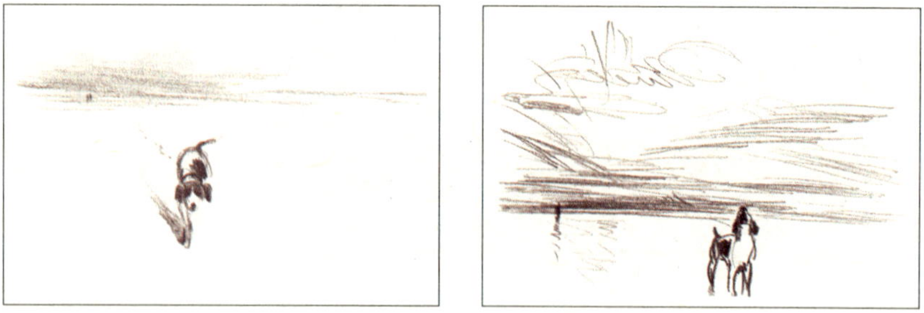

《流浪狗之歌》内页

鹰将自己从这个世界抹灭的决心。独自展翅向星空飞去，直到耗尽最后一点儿力气，看着自己的身体“放射出磷火般美丽的青光，正在静静地燃烧”。这么一来，变成星星的夜鹰，“永远燃烧”，“时至今日，仍然在燃烧着”。换言之，最后夜鹰不是因爱和温情得到解救，而是彻底成为被排斥的对象，以结束自己生命的方式，获得高贵的永生。

而《流浪狗之歌》的主角安居鲁不但被抛弃，也因为变成流浪犬而被人到处追赶。但是后来它和一个孤独的少年相遇。孤独者只要看到对方，就会心心相印。少年放下背包，朝着凝视他的安居鲁走去，而安居鲁站起身来，把头贴近站在眼前的少年。

安居鲁虽然被家人抛弃，但它没有成为宇宙边际孤独的星星，而是在这个世上寻觅爱与温暖，在儿童的纯洁心灵中找到安详与平静。安居鲁靠在少年胸前，这就是故事的结局。嘉贝丽·文生也在其他作品中设计了类似的结局，让心灵在爱与温暖的环绕下得到安慰。例如，艾特熊听到过去母亲为自己唱的摇篮曲，心中怀念故乡而掉下眼泪的《一首歌》(*Ernest et Célestine: Une chanson*)，还有离家出走的少女在森林

《流浪狗之歌》内页

中迷路，最后在父亲的怀抱中放下心来的《我想请你认真听我说》(*Je voudrais qu'on m'écoute*)。这也许是因为嘉贝丽·文生幼时亲情缺失，心灵的创伤一直未曾抚平，所以她的作品中都有这些经验的投射；抑或是因为现代社会家庭关系崩溃的情况屡见不鲜，嘉贝丽·文生觉得自己一定要发出警告，点出孩子成长过程中不可或缺的东西。

宫泽贤治和嘉贝丽·文生的差异到底源自何处？大家都知道，宫泽贤治笃信佛教，认为世界的本质是“空”。佛教追求的是自身的觉悟，人生观是在世不依靠任何人，也不麻烦任何人。我不了解嘉贝丽·文生的人生观如何，但从她许多作品和绘画的感觉来推测，她应该是个非常寂寞的人。也许她的人生观基本上还是受到基督教的影响，尤其是她成长的时代，就是亲情变得淡漠，小孩和年轻人心灵产生危机的现代，所以她的创作当然就会受到这些因素的影响。图画书的世界、童话的世界与时代息息相关。

### 如何传达对战争的看法

从历史的角度来看，最极端的人际疏远当然就是战争。《海龟与少年》副标题为“野坂昭如战争童话集·冲绳篇”，作品中处处透露着亲身经历过战争的作者的无奈心情，并向现代人控诉战争的罪恶，发出拒绝战争的疾呼。

在美国一国独大战略与伊斯兰教激进派恐怖主义的对决中，世界正面临危机。二十世纪是美苏对峙引发全球核战争危机的时代，但在苏联解体后，世界的对立构图突然改变，进入永无终止的恐怖主义与反恐战争时代。

充满野心的权力者与国家将战争分为“好的战争”与“坏的战争”，宣称自己发动的战争是“为正义而战”，但其实战争既无“好”与“坏”，也无“正义”与“不义”。尽管美国宣称，武器的高科技化已经能定点打击目标，普通民众的牺牲可控制在最低限度，但战争一旦爆发，这种冠冕堂皇的话就会立刻崩塌。我们只要看看伊拉克的情况，就知道战争毕竟是战争，无论是士兵还是普通民众，都不可能置身事外。尸横遍野的惨状，报复引发下一次报复，交战双方对彼此的憎恨不断增加。昔日太平洋战争和越战等惨痛案例，我们不该忘记。

化为战场的冲绳，不论男女老幼，所有居民全被卷入战争。美国强大舰队的猛烈炮击染红了冲绳的天地。图画书中黑田征太郎的画大致是以冲绳大海的蓝色为基调，但在描绘炮弹如雨落下的时候，整幅画变得鲜红，颜色的强烈转换加倍渲染出事态的惨烈。

躲在海边洞窟的少年，难耐饥饿，最后几乎是在精神恍惚的状态下，吃掉了自己小心翼翼保护下来的海龟蛋，但后来少年自己也被大海所吞噬。战争结束，海龟又重回海边生蛋，但少年已经不在了。这是多么悲伤的故事啊，凄恻地呈现了战争的残酷、人类的无知，表达了对自然、对生命的敬畏，不动声色地点出战争所标榜的“国家”“民族”“正义”等美丽辞藻是多么不可信。

如何传达对战争的看法，寻找合适的表现方式渐渐变得困难。但

**《幸福先生》**

〔日〕荒井良二 / 著 · 绘
冯艳 / 译
云南美术出版社 / 金禾绘本馆出品
2011 年 11 月版

看了生于战后的 1956 年、在经济高速成长期度过少年期和青年期的图画书作家荒井良二的《幸福先生》(『はっぴぃさん』) 后，我不禁赞叹："竟然还有这样的表现方式！"

封面是一整面的鲜黄色，上面有两只白鸽、一朵小野花和一只蝴蝶。仅通过封面，还无法了解这本图画书的主题。故事是这样的，有一个动作慢吞吞的男孩和一个做事慌张的女孩，要去找山上大石头上的幸福先生，因为幸福先生倾听人们的烦恼和心愿。虽然路上发生许多事情，但两人最后还是到达山顶。尽管幸福先生没有出现，但两人向着太阳高喊出许多心愿，最后在夕阳余晖中踏上归途。

故事就是这么简单，但仔细看绘画的部分，会发现两人所在的城镇已被战火吞没。从山顶俯瞰，山下是变成战场的城镇。书前后环衬上都画着城镇被破坏的惨状。在念这本图画书给小孩听的时候，即使大人只注意文字没有留心图画，小孩也会发现图画中的细节，问："为什么有坦克？为什么电线杆会断掉？为什么……？"

# 重拾想象力

## 生命诞生的地方

没有想象力和感性思维，就没有图画书，这种说法一点儿也不为过。哪些图画书能激发想象力？这个问题本身就很奇怪。尽管如此，我还是在“推荐给大人的图画书第一拨（24 本）”中设定了“重拾想象力”的主题，献给头脑僵硬的大人。

人小时候有着丰富的想象力，常常天马行空，但进入高中、大学学习专门的知识和技术后，这些能力就萎缩下来，等踏上社会工作后，就几乎丧失了。许多人都是这样，这也是人生最大的不幸。一个人的真正成熟，是不失孩提时的纯真感性，而又能在自己的本职工作中游刃有余，懂得如何以成人的态度和他人交往。但这在现实中很难办到。一旦成为上班族，再表现出小孩般的纯真，别人就会说“别装可爱了”，我觉得这样的现实真是令人感伤。

创作《寻找鸟巢》的铃木守先生住在南伊豆的山林中。除了日本国内，他走遍世界各地，搜集了许多被鸟儿弃置的鸟巢，并把这些鸟巢描绘成画。大约三年前，我去东京新宿的高野艺廊观赏“铃木守·世界鸟巢展”，几乎让我感动到说不出话来。鸟的种类不同，鸟巢的形状也各不相同，其中有不少鸟巢宛若艺术品，编织技法堪比精密工艺。鸟儿小小的头脑能够在短短的时间内创造出如此精致的作品，真是鬼斧神工。

**《世界鸟巢图鉴》**

〔日〕铃木守 / 著 · 绘
雷维蟠、王郁婷 / 译
中国少年儿童出版社
2014 年 3 月版

铃木先生告诉我："鸟巢是生命诞生的地方。"

我居然忘记这样理所当然的事，真是汗颜。鸟是在自己做的巢里生蛋、孵化，然后雏鸟破壳，生命就这样不断延续。鸟巢是生命诞生和接力的地方，看着它们，我心中不由得感慨。

怀着这样的心情，翻开铃木先生的图鉴作品《鸟巢之书》(『鳥の巣の本』) 和《世界鸟巢图鉴》(『世界の鳥の巣の本』)，发现这两本书已经超越一般提供鸟类知识的图鉴，而是在告诉读者生命运作的神奇与美好。作者在书中展现的冲击力，触动读者的感观，引人思考。

铃木先生的另一本书《诗画集：鸟巢之歌》(『詩画集 鳥の巣のうた』) 是为了探索特殊形状的鸟巢在何种环境（涉及树的形状、有无天敌、生活在森林还是沙漠等）下形成，将其周围的环境以广角镜头描绘成一幅幅美丽的作品，汇集成富有诗歌意境的图画书。

看见小动物们强韧的生命力，想到人类对环境的破坏正危害着这些生命的延续，不禁觉得罪孽深重。2002 年 9 月，"铃木守 · 世界鸟巢展"首次远赴海外，在纽约举办，受到《纽约时报》的赞赏。

**《雾中的刺猬》**

〔俄〕谢尔盖·科兹洛夫、尤里·诺尔斯金 / 著
〔俄〕佛兰西斯卡·亚布索娃 / 绘
韦苇 / 译
广西师范大学出版社 / 魔法象童书馆出品
2015 年 1 月版

## 画面与语言的交响

《雾中的刺猬》（*Hedgehog in the Fog*）原本是动画电影，曾在各地的小型电影院巡回上演，所以应该有人看过这部作品。据说是福音馆书店的编辑在看过这部动画电影之后，请人将这部作品改编为图画书的。

我也看动画作品，日本和美国的作品画面转换快速，令人头晕目眩。但这部作品不同，带有俄罗斯特有的味道，画面的变换和缓，在夜雾袭人的梦幻情境中，慢慢将观众带入故事。

据说图画书中的图是重新绘制的原画，其中一部分我曾在“图画书的世界”的展览会场上看过。听说这是画家佛兰西斯卡·亚布索娃（Francesca Yarbusova）首次为图画书作画。图画书的原画，通常是画家配合图画书的版面，绘制单页或跨页的画，但《雾中的刺猬》的原画当时没有做任何对呈现效果的评估，完全不做限制，任凭画家发挥。当然，编辑和设计师也发挥巧思，成功地将这些画编排成图画书。

一看见《雾中的刺猬》的封面，我就喜欢上主角小刺猬了。在以深蓝和墨绿为基调的夜雾草丛中，可爱的小刺猬独自伫立，好像迷了

《雾中的刺猬》内页

路。它左手拿着一个白底红山莓图案的手帕包成的小包袱。小刺猬背对我们，所以看不到它的脸，但看得出它正出神地看着想象中的白马。

手帕中包着的是要送给好朋友小熊的山莓酱。在去小熊家的路上，小刺猬看到想象中的白马。途中曾遇到又大又奇怪的猫头鹰，也曾弄丢了小包袱，后来是大狗发现了小包袱，把小包袱送回给小刺猬。小刺猬继续往前走，雾越来越浓，它一步踏错，掉到河里去了。为了不弄湿小包袱，小刺猬仰躺在水面上，把小包袱放在肚子上，两手紧紧抱着。小刺猬的眼睛真是可爱，睁得圆圆的，让人一下就看到它纯洁的心灵。

一条奇怪的大鱼出现了，它把小刺猬背在背上，送到岸边。狗也好，

《雾中的刺猬》内页

鱼也好，这些动物都非常善良。最后小刺猬终于到达小熊家，把山莓酱交给了小熊，然后和小熊一起在屋外的圆木上坐下，数星星。

小刺猬一边听小熊讲话，一边觉得和小熊在一起真是幸福。

就是如此梦幻的画面和故事，才能以如此单纯的言语，直抵人心。

当图画书的语言与图画完美契合，其效果就如同电影院放电影时的立体音效。图画书的文图隐藏着特别的放大效果。我非常喜欢这本图画书，希望大人都不要失去想要在清透澄澈的梦幻世界中游玩的心。

### 不可失去的东西

《听，鲸鱼在唱歌》（*The Whales' Song*）也是一本描写儿童世界特有

**《听，鲸鱼在唱歌》**

〔美〕黛安·谢尔登 / 著
〔英〕加里·布莱斯 / 绘
柳漾 / 译
广西师范大学出版社 / 魔法象童书馆出品
2018 年 7 月版

的想象空间的杰作，讲述了少女莉莉看到鲸鱼晚上跳出海面，在空中欢舞的情形。

奶奶告诉莉莉，从前有许多鲸鱼会在靠近海滨的海面上跳舞，如果把贝壳、小石子当礼物丢到海里送给它们，鲸鱼也会游过来回赠礼物。奶奶说，有一两次，她还听见鲸鱼在唱歌。

叔叔这时候骂道：“鲸鱼很重要，是因为它们的肉，因为它们的骨头，还有鲸脂。要是你想给莉莉讲，就讲些有用的。”但是莉莉相信奶奶。有一天，莉莉来到海边，她站在码头的尽头，把黄色的花投

《听，鲸鱼在唱歌》内页

向大海，大声喊：“这是给你们的！”然后她一直等待，直到太阳下山。叔叔赶了过来，骂莉莉说：“别傻了！”

故事使用的语言有点儿超现实，但这可能是作者对愚昧鲁钝的大人的抗议。这天莉莉半夜醒来，便走到窗边，静心聆听。这时候在山丘对面的远方，隐隐约约传来声音。莉莉跑向海边，发现许多鲸鱼高高跃起，几乎要碰到月亮，它们的歌声响彻夜空，自己送给鲸鱼的那朵黄色的花也跟着在跳舞。

绘画此书的英国画家的画风比较古典。莉莉好奇地聆听奶奶讲故事的表情、害怕叔叔斥责的眼神、远远凝视鲸鱼舞动而被感动的目光，都表现出她的心理活动。尤其是最后一页莉莉的脸部特写，那凝望远方、睁得又大又圆的眼睛，象征着大人不应失去的东西。

可以激发想象力的图画书还有一本《小尚的巴黎》。这本书的主角是一个名叫小尚的男孩，他在巴黎的街上与妈妈走散，迷路了。“妈妈，你在哪里？”小尚哭着找妈妈，这时候飞来一只鸽子，成了小尚的朋友。

塞纳河、蒙马特的山丘、旧街道和巴黎的航拍全景，都是用黑白照片做的。小尚的身影置于其中，他的毛衣和鞋子涂着湛蓝的颜色。只有鸽子不是用照片,而是以鲜艳的图画粘贴在上面。这是老电影《红气球》(*Le Ballon Rouge*)描写的世界。在鸽子的引领下，小尚享受在巴黎街道的“漫游”，最后鸽子背着小尚飞过巴黎的天空，把他送回妈妈的怀抱。

书中的照片非常美，配上男孩和鸽子的画面非常浪漫，非常有韵味。只要翻开书就能激发想象力，让人乐在其中。这本图画书的做法令人赞叹。

## 心境的关照

### 葆有纯真的心境

如果是读惯了图画书的人，大概能够体会“葆有纯真的心境”这句话。

在《黄色小水桶》中，主人公虽然丢了宝贵的东西，但心中留下了与这个宝贝相处的美好回忆，就心满意足了。作者将小狐狸纯真的内心生动地表现了出来。

虽然只有短短的一个星期，对小狐狸来说，却好像已经跟黄色水桶在一起好久，好久了。

在那一个星期里，黄色水桶好像不是别人的，就像是他的一样。

然而，小狐狸后来说“没关系的！真的没关系！”。如果一生都抱着这样的心态，人生一定会很美好。

《爸爸的新女朋友》(*Totally Uncool*)以离婚、再婚为主题。爸爸的同居女友裙子配球鞋，头发像豪猪，不打电动玩具，只会吹吹低音喇叭，念一些奇怪的诗，整个人样子奇怪又不好看。故事前半段，女孩对她不理不睬。但是，“她会关掉电视，专心听我讲话”，“我不高兴时，

**《爸爸的新女朋友》**

〔美〕贾尼斯·利维 / 著
〔美〕克莉丝·门罗 / 绘
崔维燕 / 译
二十一世纪出版社 / 蒲蒲兰绘本馆出品
2010 年 7 月版

爸爸的新女朋友从不故意逗我开心，或者问个没完没了。她让我自己平静下来”，她还会说“你真酷！”，这时候女孩的眼神变得柔和，后来变成：“看来，挺有希望的！”

这就把无论是生母还是“新妈妈”现今的生活形态、身为母亲的条件以及小孩的观点表露无遗。我在书中看到的是，人都有正反两面，看待一个人的时候，如何正面加以评价，就是人际关系上的心境。

《谢谢你》(『ありがとうともだち』) 中写狼钓不到自己想钓的大旗鱼而垂头丧气，它向第一次跟它来海边钓鱼的狐狸道歉说“对不起”，但想不到狐狸却说：

我们是来海钓的，所以就把大海给钓上来了。……整个一个大海。拾贝壳的海滨、抓螃蟹的岩石，整个大海。

这段话多么美好，我深受感动。作者内田麟太郎是诗人，他的图画书总是会出现幽默且出人意料的结局，成功地赢得读者的心，让读者发现真正重要的事情，心头一阵温暖。

《谢谢你》

〔日〕内田麟太郎 / 著
〔日〕降矢奈奈 / 绘
彭懿、周龙梅 / 译
清华大学出版社
2017 年 4 月版

**与另一种思维相遇**

《没关系 没关系》写的是一家人代代传承下来的一句话，而且是简单的一句话，成为一家人的精神支柱。爷爷总是带着小男孩出去散步，教他很多事情。在碰到蛇、跌倒受伤、受淘气小孩欺负的时候，爷爷总是像念咒语般地对他说："没关系，没关系。"有一天爷爷生病了，换成小男孩对爷爷说："没关系，没关系。"这样的语言不同于充满说教意味的教训，这样的语言已经融入生命，历经磨炼而存留下来，会在不知不觉中引导人们葆有正向的心境。

《小国王十二月》也把我们对人生的一般看法彻底推翻了。

从"心境"角度阅读图画书，会发现有许多作品让我们这些身处辛苦忙碌之中、太过世故的大人在看待事物、面对人生时抛弃老旧的观念，与作品产生共鸣。这也是我呼吁"大人也要读图画书"的目的之一。为了后半生心灵的成熟，有必要和这样的崭新思维相遇。

**《田鼠阿佛》**

〔美〕李欧·李奥尼 / 著·绘
阿甲 / 译
南海出版公司 / 爱心树童书出品
2010 年 9 月版

## 老鼠诗人

除了书单中我推荐给大人的五本图画书，许多图画书从“心境”的角度来看都很有趣。在此，我想从我喜欢的图画书中再选一本与这个主题有关的书。这本书可称为经典之作，它就是《田鼠阿佛》（*Frederick*）。

一群老鼠住在牧场周围的石墙边，由于冬天将近，它们开始不分昼夜地努力收集玉米、树的果实、小麦和稻草。只有阿佛不加入工作。大家问他：“你为什么不干活儿？”他回答说：“我在干活儿呀。”

我在采集阳光，因为冬天的日子又冷又黑。

阿佛又坐下来，静静地凝望着牧场。

我在采集颜色，因为冬天是灰色的。

有一天，他闭着眼睛像在睡觉。大家看到了非常生气，但阿佛说：

我正在采集词语，因为冬天的日子又多又长，我们会把话说完的。

冬天终于来了。刚开始，大家过得舒舒服服，但渐渐吃的东西没有了，大家也变得不想讲话。

轮到阿佛上场了。

闭上眼睛，现在，我带给你们阳光。你们感觉到了吗？它的金色光芒……

大家照着阿佛的话做，立刻像有魔法般，感到一阵阵温暖。阿佛接下来描述蓝色的长春花、黄色的麦穗、红色的罂粟、绿色的草莓叶子等，于是大家仿佛在心中画起画来，清楚地看到了各种颜色。

接着，阿佛学着演员的口吻说：

谁在天上撒雪花？谁融化地上的冰块？……谁让四叶幸运草在六月里生长？……

这是歌颂自然四季之美的诗。

我在看这本图画书的时候，不禁想，翻译此书的谷川先生一定把自己当成了阿佛，和它有百分百的共鸣。

### 遭遇心灵危机和语言危机的时代

为了生活，工作赚钱是很重要的。但是回顾战后经济高速成长期的五十多年，人们为富裕起来付出了很多努力，但似乎变得只热衷于金钱与物质追求了。对这种心灵危机发出警告，让人们发觉真正重要的东西是什么的，常常是诗人。

对把金钱和物质放在第一位的人来说，诗人也许只是玩弄文字游戏的无用之人。但在世界变得狭隘、人心满是灰色的时候，开窗让光线进来，让世界重获色彩、让人们重新拥有生存力量的，就是诗人的动人词句。在人们被权力压抑得喘不过气来的时候，经常是诗人被推为革命的旗手。

在人们正遭遇心灵危机和语言危机的当下，我觉得图画书不比诗逊色，蕴藏着复苏心灵的力量。

## 指引人生方向

### 对理想生活方式的希冀

听到要通过阅读图画书来思考生命的意义，很多人第一反应都是诧异。这个题目的设定，在某种层面上是笼统的，但可以说所有问题归根结底都归于此。所以我才勇敢地向这个题目发起挑战。

生命的意义究竟是什么？每个人的生活方式不同，不论是何种人生，都有其独特之处。即便是人生中乍看微不足道的小事，只要自己能从中获得体悟或成就感，彼时便可说是生命意义之所在了。

心理学家荣格认为死亡是自我实现的一刻。荣格所说的自我实现的概念比较难以理解。换成简单的话来说，可以说是“自我完成”或“人生的完成”。最近常听到“更好地告别世界”这种说法，指的不仅是没有痛苦、安详地死去，更是在临终前能感到参透此生，能自豪地说：“我尝过痛苦与悲伤，也体验过快乐与感恩，这就是我的人生。”我认为有了这些体会，才算达到“自我完成”“人生的完成”。

从这个角度来说，《植树的男人》（*L'òme que plantava d'arbres*）实在非

**《植树的男人》**

〔法〕让·乔诺 / 著
〔加〕弗瑞德里克·拜克 / 绘
武娟 / 译，崔维燕 / 校译
二十一世纪出版社 / 蒲蒲兰绘本馆出品
2011 年 3 月版

常感人，是一本非比寻常的图画书，可称得上伟大、高尚。也许人孤独到极点时，会体验到至高无上的生命意义也未可知。主角艾力泽·布菲据说是法国南部的真实人物。通过此书的演绎，主角崇高的精神比被绿色森林和繁花覆盖的乐园更打动人心，深深印刻在人们内心深处。我第一次读《植树的男人》这本书时，就很感动。

在几乎凡事都显得玩世不恭的时代，《植树的男人》还广受读者青睐，足以证明人们心中仍潜藏着对梦想家的敬仰。虽然许多人会持负面的想法，认为“这种事我做不到”，但我想在每个人心底，都能感受到发现黑暗的荒野那头露出一线光明时的如释重负，都暗暗抱着希望。

**风带来的启示**

以更贴近生活的方式诠释生命意义的作品，有《修伯特的苹果树》（*Hubert und der Apfelbaum*）、《篮子月亮》（*Basket Moon*）、《油漆工》（『ペンキや』）等。

《修伯特的苹果树》讲的是一个叫富贝尔的男人与他家门前一棵苹果树共同成长、生命交叠的故事。富贝尔自少年时代起，就与繁花盛开、果实累累的苹果树一同成长。每次在窗边看到苹果树，他都心中喜悦，心灵得到慰藉，时常感到自己与苹果树心灵相通。可以说苹果树刻画了富贝尔人生的每一天。

某日苹果树被雷劈裂了。附近的邻居建议说："这样不好看，干脆砍了吧！"富贝尔却死也不肯砍。他在旁边种了一棵年轻的苹果树，同时也很珍惜已经结不出多少果实的老树。冬天到了，当老树在雪中倒下的时候，富贝尔也陷入了长眠。

在这个故事中，一个男人与一棵标志了自己的人生并为自己提供生存支柱的苹果树，共同满足地走完了一生。苹果树所象征的事物因人而异，可能是表演活动、学术研究或工作，等等，只是自己的人生未必随"苹果树"枯萎死去。

相对于此，《篮子月亮》和《油漆工》则以孩子了解到父亲一生致力的工作的意义并继承衣钵为脉络，阐释生命的意义。

《篮子月亮》通过一个少年的眼睛，以第一人称描述美国拓荒时代一位在丰饶森林中编篮子的父亲。由于卖篮子的城镇很远，所以父亲不顾太阳已经下山，就选在满月的晚上出发。少年终于等到跟父亲进城的这一天。可是城里一些坏心眼的男人以"臭烂篮子""乡巴佬"这种言词嘲笑他们，深深伤了少年的心，少年再也不想进城了。少年一脚踢散堆在仓库中的篮子，这时父亲的伙伴大乔来了，他重新堆好篮子，对少年说："有人将风带来的启示编成歌曲吟唱，也有人作成诗。风教我们做篮子。……风在看，究竟谁可以信任。风都知道。"

听了这段话，少年决定不再理会城里人的嘲笑，要做一个跟父亲一样的人。

**追忆与拒绝父亲的形象**

《油漆工》是一本以幻想小说式的情节搭配图画，文图互相辉映、巧妙合奏的图画书。主角信也是油漆店的学徒，但将房子漆成顾客要求的颜色，对他而言是困难又辛苦的工作。有一天，他听母亲说起曾是油漆工人的父亲。父亲在信也还在母亲肚子里的时候，到法国学画画了。母亲相信父亲有才华，所以支持他留法，可惜父亲壮志未酬就客死异乡。

信也为了寻访父亲的坟墓，搭船去往法国。他没有钱，就帮忙打扫甲板等以赚取旅费。信也虽然没找到父亲的坟墓，却认识了曾和父亲一起工作的伙伴，得知父亲的许多事迹。父亲是一个令人赞赏的油漆工，招牌被他一漆，整条街道的气氛就会改变，甚至让周遭的人都变得温和。

信也在船上看到了不可思议的景象。有个女人在雾中出现，告诉他父亲用过的油漆刷放在甲板的工具柜下的木箱中。"用这个刷子漆出郁特里洛白[1]，拜托你了。”她说完这句话就消失了。信也出师后开了一家油漆店，他漆出的房子或招牌都在顾客要求的水平之上，总令人惊叹不已。他接下的第一份工作是将一间公寓的墙壁漆成漂亮的柠檬黄，他娶了住在这间公寓里的女人百合，生了两个孩子，就这样直到老年。

有一天，当他做完餐厅里的油漆工作，坐下来想喘口气时，几十年前在船上看到的女子又出现了。她看看四周，赞叹地低语道：“太棒了！简直超乎我的想象。”信也惊讶地环顾四周，发现原本漆成暖橘色的店内，不知何时变成了涂了白漆的船上甲板。而且这种白不是普通的白，是包含所有颜色的白，是郁特里洛白。

当天下午，信也被发现因心脏病死亡。赶到现场的百合看着信也面露微笑的遗容，就像往常信也做完工作时一样地对他说：“恭喜你，工作完成了。”

对无缘见面的父亲的仰慕、希望有朝一日能调出自己梦想中的颜色、百合像信也母亲当年一样相信丈夫的才华且深爱丈夫，这些元素交织，构成了这个故事。人凭借什么而活？针对这个问题，这部作品以奇幻的手法诠释了生命的意义，可以说是一部文学性很强的作品。

堪称嘉贝丽·文生遗作的《小提琴手》（*Le Violoniste*），与《篮子月亮》《油漆工》所讲的故事恰好形成对照。主角是一位年轻小提琴家，

[1] 郁特里洛（Maurice Utrillo），法国风景画家，其大部分画作以白色为主调。这里的“郁特里洛白”指的是糅合了很多东西的白色。——编辑注

他为自己选择的生活方式得不到父亲认同，使他很受伤。嘉贝丽·文生以简洁生动的素描与绝妙的晕染笔法，将青年内心的纠葛描绘得淋漓尽致。

每当在公寓里孤独地拉着小提琴时，总有一位少年站在窗边看。图画通过描绘少年的眼神变化，巧妙地表现出少年细微的心理变化。最后青年向一如往常般苛刻的父亲宣告："我真的……不想再看到你……"被说成"徒有其表"也好，"穷酸音乐家"也好，他都决心走自己的路。他还答应要教少年拉小提琴。他借由否定父亲而踏上自立之路。诠释生命意义的方式有时是相当壮烈的。

# 遭遇心灵危机和语言危机的时代

# 给大人的图画书第二拨

遭遇心灵危机和语言危机的时代——给大人的图画书第二拨（27本）

**唤醒你的想象力**

《风之电车》(『かぜのでんしゃ』)

《啾啾，啾啾》(『だくちるだくちる』)

《拔萝卜》( *The Gigantic Turnip* )

《天鹅》(『はくちょう』)

《小夜熊》(『よるくま』)

**心灵成长的瞬间**

《月下看猫头鹰》( *Owl Moon* )

《三只小兔》( *Stoppel, Poppel oder Hoppel?* )

《儒艮出现的海边》(『ジュゴンのくる海』)

《吉雅去市场》(『ジンガくんいちばへいく』)

《森林》( *The Forest* )

《没有文字的图画书》(『文字のない絵本』)

《勇气》( *Courage* )

**你能正视这个世界吗？**

《派特洛的作文》( *The Composition* )

《幸福先生》(『はっぴぃさん』)

《世界鸟巢图鉴》(『世界の鳥の巣の本』)

《大猩猩与红帽子》(『ゴリラとあかいぼうし』)

《世界上最美丽的村子——我的家乡》(『せかいいち うつくしいぼくの村』)

**仰望天空的心**

《云的展览会》(『雲のてんらん会』)

《云娃娃》(『くもくん』)

《绿与风之丘》(『緑と風の丘』)

《云上的孩子》( *Cloudland* )

**葆有纯真的心境**

《有哥哥真好》(『おにいちゃんがいてよかった』)

《请了解我》(『わかってほしい』)

《狮子奇怪的一天》(『ライオンのへんないちにち』)

《森林的绘本》(『森の絵本』)

《我永远爱你》( *I'll Always Love You* )

《一封爱的匿名信》( *From Me to You* )

## 遭遇心灵危机和语言危机，更要读图画书

继去年（2003 年）6 月的推荐图画书活动后，由于引起广大读者的回响，今年也同样在 6 月推出第二拨活动。

详细的讯息除利用 6 月 9 日《读卖新闻》广告栏的全版刊出“柳田邦男推荐给大人的 27 本图画书”外，还刊出了女演员中井贵惠跟我的对谈作为宣传。

对谈的题目是“在语言和心灵的危机时代”。顺便一提，去年的题目是“用图画书滋润心灵的荒漠”。而推荐给大人的图画书，去年有 24 本，今年除了去年推荐的书目，另外推荐了 27 本，其中既有发行十年、二十年仍广为流传的作品，也有新出版的作品。

除了报纸的广告宣传，东贩也跟去年一样号召全国约三百家书店，将“柳田邦男推荐给大人的 27 本图画书”摆在店里显眼的位置，放上印着我的推荐文字的纸牌，以吸引读者的注意。书店还计划将报纸上刊载的对谈内容及 27 本图画书的书单，做成海报贴在店里。

去年的活动成果如前所述，对谈报道引起巨大回响，共收到一千七百余张明信片。这些明信片显示有许多人察觉到，图画书是幼儿学着阅读故事或小说前很好的读物，但升入小学高年级还看图画书没有什么丢脸的，图画书与大人无关等先入为主的观念是错误的。大人慢慢发觉，在积累了一定的人生经验后，细心品读图画书有更深厚的趣味。

至于图画书在书店的销量，只要是书目上的书，有很多比往常增

加了百分之八十以上，少的也增加了百分之二十到百分之三十，可见读者对图画书的看法已有所改变。

于是，去年共同举办活动的东贩、《读卖新闻》、博报堂三家公司的同一批人员，今年决定推出第二拨活动。所谓“持续就是力量”，大人对图画书的关注已开始扩大，唯有每年持续举办活动，才能有更深更广的影响力。

接着介绍第二拨推荐给大人的图画书的选书标准。去年我以“生与死、爱与悲”“生存的严峻——人际疏离”“指引人生方向”等重大主题为分类选了令人深思这些问题的图画书。这次考虑到现今日本人所面临的心灵危机，特别将重点放在心灵成长、涵养内心上。选书主题如下：

唤醒你的想象力

心灵成长的瞬间

你能正视这个世界吗？

仰望天空的心

葆有纯真的心境

**如何唤醒你的想象力**

依这个主题选出的图画书，有一半以上已经在本书中介绍过了。这里我就从尚未介绍过的图画书中，选出能彰显第二拨活动特色的几部作品，来分享下我的理解。

在与河合隼雄先生、松居直先生共著的《绘本之力》中，河合隼雄曾以《啾啾，啾啾》(『だくちるだくちる』) 这部作品为例，说明从图画书中能品味到声音的乐趣。远在人类出现以前，在禽龙生存的时代，只有“轰隆！轰隆！”的火山爆发声响彻大地。搭配着“虽然很吵／却很寂寞”的文字叙述，翻看下去，在月光中，黑色的禽龙剪影浮现出来，这里的文字是：“禽龙／很寂寞”。

我不禁低声说道：“嗯，想必是很寂寞。”这时一只翼手龙飞了过来，叫着“啾啾，啾啾”。禽龙听到后说：“咚咚砰砰，好开心。”“因为那是／第一首歌。”

多么令人感动的想象力啊！在任何恐龙图鉴中都找不到的对恐龙的亲近感，在这里都表现了出来。图画书就是要有这种想象力。长新太的插画非常有感染力。

《风之电车》(『かぜのでんしゃ』) 是谷内幸太继三十多年前创作的图画书《夏天的早晨》(『なつのあさ』) 之后推出的清新姊妹篇。《夏天的早晨》是写少年为了看清晨行驶在山谷间的电车，骑自行车奔驰的故事。《风之电车》更加单纯，在山丘上闭上眼睛，电车就从远方顺着风声而来。少年搭上电车遨游天际。“闭上眼睛／倾听风的声音”，文字配上清新的图画，让读者马上随着风声进入幻想世界。

《小夜熊》(『よるくま』) 得益于酒井小姐独特的画。小男孩某天晚上醒来，发现一只正在寻找母亲的小熊“夜熊”。他开始跟小夜熊四处寻找熊妈妈。找遍夜晚的公园，甚至走到电线上面，都找不到妈妈。

这个故事让人联想到少年在梦中跟雪人一起开汽车，在空中飞翔的奇幻故事《雪人》（*The Snowman*）。啊！是流星。抓住流星后发现，那是正在钓鱼的熊妈妈的钓鱼线，终于找到熊妈妈了。这本幻想故事图画书，充满了难以言喻的温暖。

看了这样的图画书，你可以沉浸在对自己童年的怀念中。怀旧的感觉有时会成为刺激灵感、丰富心灵的生命原动力。不过最重要的是，这让我们在严酷的社会中已然干枯的心灵得到滋润。将图画书放在案头，每天花短短十分钟品味。图画书中天马行空的想象力与有趣的奇幻世界，将使你的心灵发生变化。你一定会有所改变的。

我选定“仰望天空的心”这个主题，挑出画有云朵景观的图画书，也是出于同样的目的。描画白云的图画书已在别章做过详细介绍，不再赘述。

在“葆有纯真的心境”这个主题下挑选出的图画书，想必可以让读者省察长大成人后的心境，审视自己是否已变得狭隘、漠然。

各位读者，您会从这些书目中挑选哪一本来读呢？

## 图画书是人生伴侣

### 一千三百多张明信片

世界上有不少被视为理所当然的常识，其实只不过是错误的偏见。

“图画书是给小孩看的。”

“图画书是为不会读文章的小朋友创作的，是加上图画以便孩子理解的读物。”

此类观点就是错误的偏见。

因此，我这几年持续推动“大人也要读图画书”活动。那么“大人也要读图画书”这个倡议，推广的成效如何呢？一般大众又有何看法呢？

最近社会上的反应已然浮现。一是一般市民对我的专题演讲“大人也要读图画书”的反应。全国各地对我推荐的图画书有兴趣的社团、图书馆、大学、市民团体等，邀请我去演讲的场次增多了，我都尽量应邀参加，结果有了两项令人惊讶的发现。第一，报名听讲的人数远超过会场可容纳的人数，让主办方接待得很辛苦。第二，会场的听众中中高年龄层人数增多，男性也增多了。

以往来听图画书演讲的人，都是育儿中的年轻主妇或参加朗读会的女性成员，而现在对此感兴趣的群体已有所变化。“后半生为自己阅读图画书，你会发现图画书意味深长，蕴藏了有关人生或生活方式的大道理”，也许是我以上的呼吁渐渐产生效用了吧！事实上，在演讲会后的签名会上，找我讲话的都是中高年龄层的听众，我听到不少像“图画书让我有很多新发现”或“我会送图画书给正与疾病搏斗的母亲”之类的话。

另一项反应是针对刊在《读卖新闻》广告栏上的对谈（与举办大型图画书朗读活动的女演员中井贵惠的对谈）及我推荐的图画书书

目。读者反响很大，明信片如雪片般飞来，内容极为丰富。明信片的数量大概有一千三百六十三张。很多人写他们发觉的事，令他们深思的事或某本图画书的情节，等等。虽然花了相当多时间读这些明信片，但是相当有意义，让我对目前大人阅读图画书的情况有了一定的了解。

以下是我将一千三百余张明信片的内容整理之后的节录。

**发现大人阅读图画书的意义**

神奈川县无业男子（六十五岁）

看过报道后，老实说我有当头棒喝的感觉。以前的确有“图画书是小孩看的东西”这种奇怪的先入为主的观念。不过现在改变看法还不迟，我决定以后跟孙女一起看她的图画书，并与她交换心得。

大阪市家庭主妇（二十八岁）

我发现自己已经好几年没看图画书了，所以马上到书店的图画书区去看看。结果我心中升起一种怀念的情绪，心灵变得平静安适。我只有小时候看过图画书，希望以后（生了小孩后）能与图画书第二次相遇。

埼玉县家庭主妇（三十五岁）

（看过对谈文章后）我心中干枯的绿洲似乎又被注入了活水。现在已进入网络、手机普及的信息化时代，生活更加便利的同时，似乎也少了许多情趣。我有在读小学的孩子，现在我重新发现了图画书的重要性，我打算从今晚起每晚抽出大概十分钟，在孩子枕边念图画书给他听，顺便自娱。

北海道小学六年级女生

我从小就喜欢图画书。可是现在我已经上六年级了。本来觉得看图画书很丢脸，刚刚看了报道才发现，原来大人也会看图画书，那我也可以啰？我有一本从小就喜欢的图画书，叫《汉赛尔与格莱特》（*Hänsel und Gretel*）。我最喜欢的是格莱特营救汉赛尔的那段过程，如果我跟哥哥的感情也能那么好就好了。

福冈县家庭主妇（四十七岁）

孩子们小的时候，我会念图画书给他们听。不过孩子长大后就不再看图画书了，前阵子我才刚把书装箱。没想到有一百五十本之多！不过看了今天的报道，我才发现自己也可以看图画书。

**九十一岁开启“生命之窗”**

开始有阅读图画书的“自觉”，会对人们的生活方式和对待孩子的方式产生影响。也有人发现图画书是自己今后生活的精神支柱，年老或残障的情况下更是如此。

东京家庭主妇（六十六岁）

步入晚年，充满了对过去的反省和追悔。就在我陷入对人生将至终点的恐惧中时，我看到了报道。真的受益良多。我要趁此机会做第三次挑战，让自己的余生过得快乐一点儿！

新潟县家庭主妇（五十六岁）

在公司工作三十六年后退休，最近终于得偿所愿有了空闲。当我正在寻找未来精神食粮时，看到这次的专题报道。"一生要读三次图画书"这句话让我找到了精神食粮！非常感激。我会以"柳田邦男推荐给大人的27本图画书"为参考，立即买书来看。谢谢您指引我找到方向。

东京家庭主妇（三十七岁）

我已经超过三十年不看图画书了。因为没有小孩，所以没机会接触图画书。"大人也要读图画书"这句话给我留下了深刻的印象。随着年龄增长，天真、直率逐渐减少，负面想法变多。如果这时候阅读图画书，也许可以找回小时候那样纯真的心。中井贵惠努力倡导活动的身影对我是一种鼓励。

一般认为人年纪一大，就会变得顽固，不能期待其想法或生活方式有所改变。然而真是如此吗？冈山县有一位老先生寄来明信片，值得称赞。要知道，他已经九十一岁了！也许他原本就是心灵鲜活的人也说不定。

冈山县老先生（九十一岁）

柳田提出的“你的想象力去哪儿了？”这个问题，令我大大地反省并决心振奋。读书运动、寻找座右图画书，都是好事。我是个九十一岁的老兵，我想边回忆那个战争时代的点滴，边阅读适合我的图画书，慢些老去，快乐地过完余生。

**朗读的人也从中获得珍贵的体验**

图画书最能发挥作用的方式，是借由朗读的声音产生共通共享的读书体验，这点之前已经再三论述过。朗读对孩子而言是非常棒的一种体验，他们耳朵听着朗读者对图画书故事产生共鸣时充满感情的朗读声，眼睛专注图画的整体及细节，身心都进入图画书的世界。至于朗读者（可能是父母、保姆或讲故事的义工）是否只是扮演单向给予的角色呢？绝非如此。朗读者自己也会从文字或图画中发现新的意义，从孩子们注意的情节、感动的对象或观点中，也会有许多意想不到的发现和感动的体验。

埼玉县家庭主妇（四十九岁）

我经常参加朗读会的活动。昨天的朗读会请了讲师来演讲。练习方式之一是请被点名的会员朗读图画书给其他人听，讲师从旁指导。我当时发表的感想是："我发现自己一个人看图画书，注意力会放到字面上，根本没注意能丰富我们想象力的图画。听其他会员朗读，让我第一次能够仔细看图画，了解到图画的重要性。"

埼玉县家庭主妇（三十五岁）

有孩子之前，我对图画书不屑一顾。自从跟孩子一起看图画书，我发现孩子还会从某些与故事无关的图画中找出"故事"来，还会要我不断重复，总是让我惊讶连连。在日常生活中，孩子也会模仿图画书中的台词，或不断重复喜欢的字句，连带地串联出亲子对话。现在我已经无法想象没有图画书的生活了。

兵库县女钢琴老师（四十二岁）

我两个五六岁的女儿看图画很仔细，发现图画跟故事内容的共通点或相异处，就会问我："为什么？"我常常从她们的提问中发现问题，从孩子的视角出发所做的解释，常常令我惊讶。

**图画书是人生的精神支柱**

图画书的力量极大，可以成为生活的动力，甚至是支持一个人活下去的力量。在读者来信中，即便是内容简短的信函，也提到了图画书作为人生支柱的珍贵价值。

奈良县女职员（五十一岁）

两年前我姐姐失去了丈夫，她越来越消沉，每天麻木地过日子。我想起姐姐以前说过："我喜欢看书，不能一日无书。"所以我就借买给孙子看的名义，送图画书给姐姐。她的精神渐渐恢复，跟之前有点儿不一样。

北海道家庭主妇（六十六岁）

三十多年前，住在东京的弟弟因为夫妻感情不睦，无心照顾孩子，就把我三岁的外甥送到北海道，跟我住了几个月。想念父母又寂寞的外甥，最爱的是《黑兔和白兔》（*The Rabbits' Wedding*）这本图画书。"我希望能一直和你在一起，永远不分开。"这句话抓住了他的心。因为念图画书给外甥听，我也爱上了这个故事。从那时起，这本图画书成了我最爱读的书，我把这本书带在身边，碰到新婚夫妇或有孙子的亲友，我都会送这本书给他们。

## 图画书牵系亲情

东京家庭主妇（三十三岁）

我曾经跟女儿一起看过一本描述狗追着鱼形的云跑的图画书。女儿从那之后就常常抬头看云，说出"啊！有怪兽！"或"好像面包哟！"这类的话。在这个繁忙的时代，还能有时间喘口气，我想应该归功于图画书。往后我们母女还会继续看下去。

山口县家庭主妇（四十二岁）

说到人生与图画书，我想起的是《小狐狸买手套》(『手ぶくろを买いに』)。它讲的是温柔的狐狸妈妈与小狐狸的故事。小时候的我不太喜欢狐狸母子间过于细微的感情交流，我想是因为我单亲家庭（父女）的缘故。但是等我过了二十五岁，自己成为母亲，再翻开这本许久未看的图画书，小狐狸小小的胸口鼓动着心跳，紧张又兴奋地到人类镇上买东西的身影，让我又爱又怜，不禁热泪盈眶。即使是同一本图画书，在历经岁月后重读，也会有不同的感受。

妈妈和女儿因为图画书而开始一起观赏天空中云朵的形状，这是多么美好的一件事呀！再忙都会仰望天空，跟天上的云对话，我是在中学的时候养成这种习惯的。至于阅读的习惯则是从小学开始的。东京的天空也飘动着美丽的云朵，却不知有几个人有仰望天空的心？

看了读者来信，我发现图画书所展现的世界竟是如此宽广，如此多姿多彩，充满活力。

自从我进入图画书的世界，结识了通过各种形式推动图画书朗读活动或儿童阅读活动的人士，也切实感受到这种脚踏实地的活动扮演着儿童心灵成长支柱的角色，让我信心加倍。因此，我建议大人务必将图画书放在左右，以找回自己遗失的想象力与纯真的心灵。“大人也要读图画书”的宣传活动，今后也将通过各种媒体持续进行。

# 后记

我的第一篇有关图画书的文章《现在，大人也要读图画书》于1999年秋天投稿到《文艺春秋》杂志。当时我六十三岁。年过九十依然忙于写作及演讲活动的日野原重明先生，写了《叶子弗雷迪——生命之旅》的音乐剧脚本后，自称是在八十八岁才“出道”成为作家。跟他比起来，我想我在图画书界“出道”的时间还比他早了十五年！本书最后一章提及，一位九十一岁的老先生注意到我的宣传活动，写了明信片来表示：“‘你的想象力去哪儿了？’这个问题，令我大大地反省并决心振奋。”这张明信片对我也是一种鼓励。希望今后我能成为一个向大人传递图画书讯息的传讯者。

这本书是以我在日本儿童图书出版协会会刊《儿童的书》（2002年9月号至2004年9月号）以《图画书开启的世界》为题连载的文章，以及前述的《文艺春秋》杂志上发表的文章为主体，整理而成的。

此外，书中收录了许多读者针对《读卖新闻》上的报道和在全国书店进行的“大人也要读图画书”活动的来信，为本书增色不少。至于前述报纸上的“柳田邦男推荐给大人的图画书第一拨（24本）”，为了让内容更加切合主题，这次也改动了部分作品。

对勇敢邀请我这个“童书门外汉”撰文的时任《儿童的书》总编辑的后路好章先生、支持我连载的《儿童的书》编辑伊藤薰小姐和冈野久美小姐、让我的图画书阅读随笔登上与《儿童的书》风格迥异的《文艺春秋》的编辑饭沼康司先生、在单行本出版计划尚未成形时就开始策划此书的岩波书店编辑部俾口良澄先生、数次邀请我做客广播节目、愉快地支持我“大人也要读图画书”倡议的NHK播音员村上信夫先生、策划并推广在《读卖新闻》及全国书店宣传活动的“清晨读书推进协议会”事务局局长佐川二亮先生、《读卖新闻》广告部的川添泰树先生，以及寄出数千封来信的读者和广播节目的听众们，我要在此表达我衷心的感谢。

柳田邦男

2004年秋

# 索引

为方便查阅，特将书中涉及图画书以拼音为序汇总。

**《父亲和女儿》(*Vader en dochter*) P84，P93，P96~97**

〔荷〕迈克尔·杜多克·德威特 (Michael Dudok De Wit) / 编绘，施辉业、小转铃 / 译
海豚出版社，2013 年 1 月版

**《古利和古拉》系列 (『ぐりとぐら』) P10 (序)**

〔日〕中川李枝子 / 著，〔日〕山胁百合子 / 绘，季颖 / 译
南海出版公司 / 爱心树童书出品，2011 年 11 月版

**《汉赛尔与格莱特》(*Hänsel und Gretel*) P134**

〔英〕安东尼·布朗 (Anthony Browne) / 改编·绘，柳漾 / 译
二十一世纪出版社 / 蒲蒲兰绘本馆出品，2015 年 9 月版

**《好奇的乔治》系列 (*Curious George*) P10 (序)**

〔美〕玛格丽特·雷 (Margret Rey)、H.A. 雷 (H.A. Rey) / 著·绘，崔维燕 / 译
二十一世纪出版社 / 蒲蒲兰绘本馆出品，2010 年 4 月版

**《黑兔和白兔》(*The Rabbits' Wedding*) P140**

〔美〕加思·威廉斯 (Garth Williams) / 著·绘，彭懿 / 译
南海出版公司 / 爱心树童书出品，2013 年 11 月版

**《红狼》(*Der rote Wolf*) P94，P96~98**

〔德〕弗里德里希·卡尔·维西特 (Friedrich Karl Waechter) / 著·绘，王星 / 译
二十一世纪出版社，2016 年 5 月版

**《獾的礼物》(*Badger's Parting Gifts*) P14~15 (序)，P22 (序)，P19~22，P92，P94**

〔英〕苏珊·华莱 (Susan Varley) / 著·绘，杨玲玲、彭懿 / 译
明天出版社 / 信谊图画书出品，2008 年 9 月版

**《黄色小水桶》(『きいろいばけつ』) P38~41，P85，P112**

〔日〕森山京 / 著，〔日〕土田义晴 / 绘，陈珊珊 / 译
贵州人民出版社 / 蒲公英童书馆出品，2013 年 4 月版

**《活了 100 万次的猫》(『100 万回いきたねこ』) P84**

〔日〕佐野洋子 / 著·绘，唐亚明 / 译
接力出版社，2017 年 4 月版

《教海鸥飞翔的猫》(*Historia de una gaviota y del gato que le enseñó a volar*) P18(序),P85

〔智利〕路易斯·塞普尔维达(Luis Sepúlveda)/著,〔立陶宛〕丽娜·杜戴特(Lina Dūdaitė)/绘,宋尽冬/译

人民文学出版社/九久读书人出品,2017年4月版

《篮子月亮》(*Basket Moon*) P85,P118~121

〔美〕玛丽·琳·雷(Mary Lyn Ray)/著,〔美〕芭芭拉·库尼(Barbara Cooney)/绘,舒杭丽/译

二十一世纪出版社/蒲蒲兰绘本馆出品,2009年9月版

《流浪狗之歌》(*Un jour, un chien*) P84,P98~101

〔比〕嘉贝丽·文生(Gabrielle Vincent)/著·绘

明天出版社,2017年12月版

《没关系 没关系》(『だいじょうぶ だいじょうぶ』) P16~17(序),P46~47,P85,P114

〔日〕伊东宽/著·绘,蒲蒲兰/译

二十一世纪出版社/蒲蒲兰绘本馆出品,2009年6月版

《三只山羊嘎啦嘎啦》(*The Three Billy Goats Gruff*) P10(序)

〔挪〕P.C. 阿斯别约恩森(P.C. Asbjornsen)、J.E. 姆厄(J.E. Moe)/著

〔美〕玛夏·布朗(Marcia Brown)/绘,熊春、蒲蒲兰/译

二十一世纪出版社/蒲蒲兰绘本馆出品,2007年2月版

《森林》(*The Forest*) P80~81,P126

〔美〕克劳瑞·A. 尼沃拉(Claire A. Nivola)/著·绘,余丽琼/译

江苏少年儿童出版社/东方娃娃出品,2017年1月版

《森林的绘本》(『森の絵本』) P127

〔日〕长田弘/著,〔日〕荒井良二/绘,〔日〕猿渡静子/译

连环画出版社,2016年1月版

《世界鸟巢图鉴》(『世界の鳥の巣の本』) P106,P127

〔日〕铃木守/著·绘,雷维蟠、王郁婷/译

中国少年儿童出版社,2014年3月版

《世界上最美丽的村子——我的家乡》(『せかいいち うつくしい ぼくの村』) P127

〔日〕小林丰/著·绘,蒲蒲兰/译

二十一世纪出版社/蒲蒲兰绘本馆出品,2008年10月版

**《苏和的白马》(『スーホの白い馬』) P2~16，P94**

〔日〕大塚勇三 / 改编，〔日〕赤羽末吉 / 绘，〔日〕猿渡静子 / 译

新星出版社 / 爱心树童书出品，2013 年 5 月版

**《逃跑的小火车头》(*Choo Choo*) P10~11（序）**

〔美〕维吉尼亚·李·伯顿（Virginia Lee Burton）/ 著·绘，赵静 / 译

二十一世纪出版社 / 蒲蒲兰绘本馆出品，2011 年 1 月版

**《田鼠阿佛》(*Frederick*) P115~116**

〔美〕李欧·李奥尼（Leo Lionni）/ 著·绘，阿甲 / 译

南海出版公司 / 爱心树童书出品，2010 年 9 月版

**《听，鲸鱼在唱歌》(*The Whales' Song*) P85，P109~111**

〔美〕黛安·谢尔登（Dyan Sheldon）/ 著，〔英〕加里·布莱斯（Gary Blythe）/ 绘，柳漾 / 译

广西师范大学出版社 / 魔法象童书馆出品，2018 年 7 月版

**《晚安，弗朗西丝》(*Bedtime for Frances*) P10（序）**

〔美〕拉塞尔·赫班（Russell Hoban）/ 著，〔美〕加思·威廉斯（Garth Williams）/ 绘，崔维燕 / 译

二十一世纪出版社 / 蒲蒲兰绘本馆出品，1995 年 9 月版

**《我想请你认真听我说》(*Je voudrais qu'on m'écoute*) P102**

〔比〕嘉贝丽·文生（Gabrielle Vincent）/ 著·绘，梅思繁 / 译

明天出版社，2016 年 5 月版

**《我永远爱你》(*I'll Always Love You*) P46，P94，P127**

〔美〕汉思·威尔罕（Hans Wilhelm）/ 著·绘，赵映雪 / 译

明天出版社 / 信谊图画书出品，2010 年 7 月版

**《无论何时都能相见》(『いつでも会える』) P14~15（序），P84，P93~94**

〔日〕菊田真理子 / 著·绘，杨忠 / 译

北京联合出版公司 / 禹田文化出品，2016 年 3 月版

**《雾中的刺猬》(*Hedgehog in the Fog*) P85，P107~109**

〔俄〕谢尔盖·科兹洛夫（Sergey Kozlov）、尤里·诺尔斯金（Yuri Norstein）/ 著

〔俄〕佛兰西斯卡·亚布索娃（Francesca Yarbusova）/ 绘，韦苇 / 译

广西师范大学出版社 / 魔法象童书馆出品，2015 年 1 月版

《夏天的早晨》(『なつの あさ』) P130

〔日〕谷内钢太 / 著・绘，(日) 猿渡静子 / 译

连环画出版社，2017 年 6 月版

《小房子》( *The Little House* ) P10 (序)，P12~13 (序)

〔美〕维吉尼亚・李・伯顿 ( Virginia Lee Burton ) / 著・绘，阿甲 / 译

南海出版公司 / 爱心树童书出品，2013 年 7 月版

《小国王十二月》( *Der kleine König Dezember* ) P19~20 (序)，P74，85，P88，P114

〔德〕阿克塞尔・哈克 ( Axel Hacke ) / 著;〔德〕米夏埃尔・佐瓦 ( Michael Sowa ) / 绘，刘海颖 / 译

广西师范大学出版社 / 魔法象童书馆出品，2018 年 10 月版

《小狐狸买手套》(『手ぶくろを買いに』) P141

〔日〕新美南吉 / 著，〔日〕黑井健 / 绘，彭懿、周龙梅 / 译

北京联合出版公司 / 爱心树童书出品，2017 年 11 月版

《小夜熊》(『よるくま』) P126，P130

〔日〕酒井驹子 / 著・绘，〔日〕猿渡静子 / 译

新星出版社 / 爱心树童书出品，2015 年 11 月版

《谢谢你》(『ありがとうともだち』) P85，P113

〔日〕内田麟太郎 / 著，〔日〕降矢奈奈 / 绘，彭懿、周龙梅 / 译

清华大学出版社，2017 年 4 月版

《幸福先生》(『はっぴぃさん』) P104，P127

〔日〕荒井良二 / 著・绘，冯艳 / 译

云南美术出版社 / 金禾绘本馆出品，2011 年 11 月版

《雪人》( *The Snowman* ) P131

〔英〕雷蒙・布力格 ( Raymond Briggs ) / 著・绘

明天出版社 / 信谊图画书出品，2009 年 11 月版

《夜鹰之星》(『よだかの星』) P11 (序)，P84，P98~100

〔日〕宫泽贤治 / 著，〔日〕中村道雄 / 绘，周龙梅、彭懿 / 译

广西师范大学出版社 / 魔法象童书馆出品，2018 年 8 月版

**《一封爱的匿名信》( *From Me to You* ) P127**

〔英〕安东尼·弗朗斯（Anthony France）/ 著,〔英〕蒂芬妮·比科（Tiphanie Beeke）/ 绘,陈喜嘉 / 译

湖北美术出版社 / 心喜阅童书出品，2013 年 1 月版

**《一首歌》( *Ernest et Célestine: Une chanson* ) P101**

〔比〕嘉贝丽·文生（Gabrielle Vincent）/ 著·绘，梅思繁 / 译

二十一世纪出版社，2014 年 3 月版

**《勇气》( *Courage* ) P126**

〔美〕伯纳德·韦伯（Bernard Waber）/ 著·绘，阿甲 / 译

北京联合出版公司 / 爱心树童书出品，2018 年 1 月版

**《月下看猫头鹰》( *Owl Moon* ) P126**

〔美〕珍·尤伦（Jane Yolen）/ 著,〔美〕约翰·秀能（John Schoenherr）/ 绘，林良 / 译

明天出版社 / 信谊图画书出品，2008 年 12 月版

**《云上的孩子》( *Cloudland* ) P127**

〔英〕约翰·伯宁罕（John Burningham）/ 著·绘，杨玲玲、彭懿 / 译

北京联合出版公司 / 天略童书馆出品，2017 年 12 月版

**《云娃娃》(『くもくん』) P127**

〔日〕伊东宽 / 著·绘，蒲蒲兰 / 译

二十一世纪出版社 / 蒲蒲兰绘本馆出品，2013 年 7 月版

**《再见了，艾玛奶奶》(『さよなら エルマおばあさん』) P95**

〔日〕大塚敦子 / 著·摄,〔日〕猿渡静子 / 译

北京联合出版公司 / 爱心树童书出品，2006 年 7 月版

**《植树的男人》( *L'òme que plantava d'arbres* ) P85，P117~118**

〔法〕让·乔诺（Jean Giono）/ 著

〔加〕弗瑞德里克·拜克（Frédéric Back）/ 绘，武娟 / 译，崔维燕 / 校译

二十一世纪出版社 / 蒲蒲兰绘本馆出品，2011 年 3 月版

**《终于见到她》(『あのこにあえた』) P38~39**

〔日〕森山京 / 著,〔日〕土田义晴 / 绘，陈珊珊 / 译

贵州人民出版社 / 蒲公英童书馆出品，2013 年 4 月版

**『ウミガメと少年』(《海龟与少年》) P84，P98，P102~103**

〔日〕野坂昭如 / 著，〔日〕黑田征太郎 / 绘

讲谈社，2001 年 6 月版

**『海のいのち』(《海之生》) P84，P93**

〔日〕立松和平 / 著，〔日〕伊势英子 / 绘

白杨社，1992 年 12 月版。

**『おにいちゃんがいてよかった』(《有哥哥真好》) P95，P127**

〔日〕细谷亮太 / 著，〔日〕永井泰子 / 绘

岩崎书店，2003 年 8 月版

**『かぜのでんしゃ』(《风之电车》) P126，P130**

〔日〕谷内钢太 / 著・绘

讲谈社，1982 年 10 月版

**『風の又三郎』(《风又三郎》) P10（序）**

〔日〕宫泽贤治 / 著，〔日〕伊势英子 / 绘

Kumon 出版社，1993 年 9 月版

**『かにむかし』(《猿蟹大战》) P10（序）**

〔日〕木下顺二 / 著，〔日〕清水崑 / 绘

岩波书店，1959 年 12 月版

**『クマよ』(《熊啊》) P50~54，P58，P85**

〔日〕星野道夫 / 著・摄

福音馆书店，1999 年 10 月版

**『雲のてんらん会』(《云的展览会》) P73，P127**

〔日〕伊势英子 / 著・绘

讲谈社，2004 年 5 月版

**『グレイのしっぽ』(《葛雷的尾巴》) P15（序），P94**

〔日〕伊势英子 / 著・绘

理论社，1999 年 6 月版

『コブタの気持ちもわかってよ』(《小猪的心情我了解》) P13~14 (序)
〔日〕小泉吉宏 / 著・绘
幻冬舍，2002 年 9 月版

『ゴリラとあかいぼうし』(《大猩猩与红帽子》) P65~67，P127
〔日〕山极寿一 / 著，〔刚果〕大卫・比西穆瓦 (David Bisimwa) / 绘
福音馆书店，2002 年 6 月版

『さようなら、ありがとう、ぼくの友だち ペットを失ったあなたへ』(《再见，谢谢，我的朋友——给失去宠物的你》) P15 (序)
〔日〕利冈裕子 / 著，〔日〕河原鞠子 / 绘
岩崎书店，1998 年 5 月版

『詩画集 鳥の巣のうた』(《诗画集：鸟巢之歌》) P106
〔日〕铃木守 / 著・绘
岩崎书店，1999 年 9 月版

『しもばしら』(《霜柱》) P73
〔日〕野坂勇作 / 著・绘
福音馆书店，2004 年 11 月版

『ジュゴンのくる海』(《儒艮出现的海边》) P126
〔日〕宫里木美代 / 著，〔日〕降矢佳世子 / 绘
新日本出版社，2001 年 3 月

『ジンガくんいちばへいく』(《吉雅去市场》) P68，P126
〔日〕伏原纳知子 / 著・绘
福音馆书店，2002 年 7 月版

『だくちる だくちる』(《啾啾，啾啾》) P126，P130
〔日〕阪田宽夫 / 著
〔俄〕V. 贝瑞斯托夫 (Valentin Dmitrievich Berestov) / 原著，〔日〕长新太 / 绘
福音馆书店，1993 年 11 月版

『ちびくろ・さんぼ』(《小黑孩桑波》) P10 (序)
〔英〕海伦・班纳曼 (Helen Bannerman) / 著，〔美〕弗兰克・多比亚斯 (Frank Dobias) / 绘
瑞云舍，2005 年 4 月版

**『月人石』(《月人石》) P54~64**

〔日〕干千惠 / 书,〔日〕谷川俊太郎 / 著,〔日〕川岛敏生 / 摄

福音馆书店,2005 年 1 月版

**『鳥の巣みつけた』(《寻找鸟巢》) P85,P105**

〔日〕铃木守 / 著・绘

罗汉柏书房,2002 年 4 月版

**『鳥の巣の本』(《鸟巢之书》) P106**

〔日〕铃木守 / 著・绘

岩崎书店,1999 年 4 月版

**『にゅうどうぐも』(《积雨云》) P73**

〔日〕野坂勇作 / 著・绘,〔日〕根本顺吉 / 监制

福音馆书店,2018 年 5 月版

**『ねこのごんごん』(《猫咪当当》) P2(序)**

〔日〕大道文 / 著・绘

福音馆书店,2000 年 10 月版

**『はくちょう』(《天鹅》) P126**

〔日〕内田麟太郎 / 著,〔日〕伊势英子 / 绘

讲谈社,2003 年 7 月版。

**『ふゆのあらし』(《冬之岚》) P73**

〔日〕野坂勇作 / 著・绘

福音馆书店,1988 年 12 月版

**『フランダースの犬』(《佛兰德斯的狗》) P5~9(序),P12(序),P22(序)**

〔英〕奥维达 / 著,〔日〕西本鸡介 / 改编,〔日〕伊势英子 / 绘,〔日〕森山京 / 译

小学馆,1998 年 8 月版

**『ペンキや』(《油漆工》) P119~122**

〔日〕梨木香步 / 著,〔日〕出久根育 / 绘

理论社,2002 年 12 月版

『ぼくのいのち』(《我的生命》) P95
〔日〕细谷亮太 / 著，〔日〕永井泰子 / 绘
岩崎书店，1999 年 6 月版

『緑と風の丘』(《绿与风之丘》) P127
〔日〕谷内钢太 / 著・绘
讲谈社，2003 年 9 月版

『文字のない絵本』(《没有文字的图画书》) P126
〔日〕宫川弘 / 著，〔日〕永田治子 / 绘
白杨社，2003 年 10 月版

『森へ』(《到森林去》) P50~54
〔日〕星野道夫 / 著・摄
福音馆书店，1996 年 9 月版

『ライオンの ながい いちにち』(《狮子漫长的一天》) P69，P71
〔日〕阿部弘士 / 著・绘
佼成出版社，2004 年 1 月版

『ライオンのへんないちにち』(《狮子奇怪的一天》) P71，P127
〔日〕阿部弘士 / 著・绘
佼成出版社，2002 年 7 月版

『ライオンのよいいちにち』(《狮子愉快的一天》) P71
〔日〕阿部弘士 / 著・绘
佼成出版社，2001 年 1 月版

『わかってほしい』(《请了解我》) P127
〔日〕MOMO / 著，〔日〕YUKO / 绘
蜡笔屋，2003 年 12 月版

*Hubert und der Apfelbaum* (《修伯特的苹果树》) P118~119
〔德〕阿尔布雷希特・里斯勒（Albrecht Rissler）/ 著，〔德〕布鲁诺・海希勒（Bruno Hächler）/ 绘
MINEDITION，2012 年 8 月版

*La estrella de Lea*（《雷儿之星》）P95

［比］克劳德 · K. 杜布瓦（Claude K. Dubois）/ 著，［西］帕特里克 · 吉尔森（Patrick Gilson）/ 绘

Ediciones Sm，2008 年 2 月版

*Le Violoniste*（《小提琴手》）P121~122

［比］嘉贝丽 · 文生（Gabrielle Vincent）/ 著 · 绘

Rue du monde，2006 年 9 月版

*Make A Wish*（《许个愿望吧》）P80

［英］蒂芙尼 · 利森（Tiffany Leeson）/ 著 · 绘

Egmont Books，2002 年 11 月版

*Petits-Bleus Dans Paris*（《小尚的巴黎》）P85，P111~112

［法］维罗妮卡 · 威尔曼（V é ronique Willemin）/ 著，［法］丘耶勒 · 莱布隆德（Joëlle Leblond）/ 绘

L'Ecole des loisirs，1995 年 1 月版

*Een opa om nooit te vergeten*（《爷爷，不要忘了我哟》）P84，P93，P95

［荷］贝特 · 威斯特拉（Bette Westera）/ 著，［荷］哈尔门 · 范斯特拉顿（Harmen Van Straaten）/ 绘

Lappan Verlag GmbH，2001 年 9 月版

*Stoppel, Poppel oder Hoppel?*（《三只小兔》）P126

［瑞士］麦斯 · 博利格（Max Bolliger）/ 著，［波兰］约瑟夫 · 魏尔康（Józef Wilkoń）/ 绘

Bohem Press Ag，2000 年 3 月版

*The Composition*（《派特洛的作文》）P127

［智利］安东尼奥 · 斯卡尔梅达（Antonio Skármeta）/ 著

［西］阿方索 · 鲁亚诺（Alfonso Ruano）/ 绘

Groundwood Books，2003 年 1 月版

为使读者更好地了解本书内容，书中使用了多本图画书的封面和内页图片，在此衷心感谢爱心树童书、东方娃娃、二十一世纪出版社、海豚出版社、金禾绘本馆、明天出版社、魔法象童书馆、蒲公英童书馆、蒲蒲兰绘本馆、清华大学出版社、信谊图画书、禹田文化、中国少年儿童出版社等出版机构的支持。